문학,

내 마음의

무늬 읽기

문학, 내 마음의 무늬 읽기
문학상담의 이론과 실제

초판1쇄 펴냄 2019년 03월 29일
초판4쇄 펴냄 2022년 10월 21일

지은이 진은영 · 김경희
펴낸이 유재건
펴낸곳 엑스북스
주소 서울시 마포구 와우산로 180, 4층
대표전화 02-334-1412 | **팩스** 02-334-1413
홈페이지 https://blog.naver.com/xplex
원고투고 및 문의 editor@greenbee.co.kr

편집 신효섭, 구세주, 송예진 | **디자인** 권희원, 이은솔
마케팅 육소연 | **물류유통** 유재영, 유연식 | **경영관리** 유수진

엑스북스(xbooks)는 (주)그린비출판사의 책읽기·글쓰기 전문 임프린트입니다.
저작권법에 의해 한국 내에서 보호를 받는 저작물이므로 무단전재와 복제를 금합니다.
책값은 뒤표지에 있습니다. 잘못 만들어진 책은 구입처에서 바꿔 드립니다.
ISBN 979-11-86846-52-0 03800

學問思辨行: 배우고 묻고 생각하고 판단하고 행동하고

독자의 학문사변행을 돕는 든든한 가이드 _그린비 출판그룹

그린비 철학, 예술, 고전, 인문교양 브랜드
엑스북스 책읽기, 글쓰기에 대한 거의 모든 것
곰세마리 책으로 크는 아이들, 온 가족이 함께 읽는 책

문학, 내 마음의 무늬 읽기

문학상담의 이론과 실제

진은영 · 김경희 지음

xbooks

이 책을 읽는 이들에게

얼마 전 폴란드 시인 비스와바 쉼보르스카의 『읽거나 말거나』 (*Wszystkie lektury nadobowiązkowe*)가 번역되어 출간되었습니다. '비필독도서'(Nonrequired Reading)로 풀이될 수 있는 원제도 인상적이지만 우리말로 번역된 제목도 흥미롭습니다. 이 책은 시인이 읽었던 책들에 대한 서평을 모아 놓은 것인데, 아마도 시인의 감상을 듣고 그 책들을 읽을지 말지 선택하면 된다는 뜻이겠지요. 독자에게 무심한 듯한 느낌을 주기도 합니다. '읽거나 말거나' 다음에는 '아무래도 상관없다'라든가 '나는 쓰겠다'라는 말이 이어질 것만 같으니까요. 그러나 이 무심함 너머로 어떤 간절함과 필연성이 전해지기도 합니다.

읽힌다는 보장이 없는데도 쓰여지는 책들이 있습니다. 지금 세상에 나오는 많은 책이 그렇습니다. 그 책들은 소수의 사람에게만 읽히거나 심지어 아무에게도 읽히지 않은 채 사라집니다. 저자들은 누군 가 꼭 읽어 주기를 바라는 마음으로 책을 쓰거나, 혹은 아무도 읽지 않더라도 쓸 수밖에 없는 필연성 때문에 씁니다. 이렇게 간절한 마음 으로 쓴 책인데 한 사람도 펼쳐 보지 않는다면 그 책의 운명은 서글 픈 것이겠지요. 그런데 우리의 가장 가까운 곳에 그런 책이 있습니다. 바로 '마음'이라는 책입니다.

누군가가 읽거나 말거나 상관없이 우리 마음에는 무언가가 기록 되고 또 기록되고 있습니다. 물의 표면이 떨어지는 빗방울이나 눈송 이, 작은 나뭇잎들에 잔잔한 무늬를 그리듯, 혹은 바윗돌이나 세찬 바 람에 크게 출렁이듯 마음은 항상 움직이고 반응합니다. 많은 이들이 자신의 가장 깊은 내면에 부지런히 기록되고 있는 것들을 제대로 펼 쳐 보지 않고 살아갑니다. 내 마음에 쓰여진 것을 내가 읽지 않다니 나는 얼마나 무심하고 무정한 독자일까요?

『문학, 내 마음의 무늬 읽기』는 바로 마음의 부지런한 작가인 동시 에 게으른 독자인 사람들을 위한 책입니다. 우리는 다른 사람의 마음 을 읽기 위해 무척 애쓰며 살아갑니다. 우리가 읽어야 할 마음들이 너 무 많지요. 사랑하는 가족, 연인, 친구, 동료, 이 소중한 사람들의 마음 을 읽느라 분주한 독자일수록 자기 마음을 읽는 일에는 소홀해지기 쉽습니다. 그런 의미에서 이 책은 다른 사람들의 마음을 먼저 챙기고 배려하느라 지친, 다정하고 따뜻하며 조금은 소심하기도 한 사람들 을 위한 책입니다.

이 책에 계속해서 나오는 '문학상담'이라는 용어가 다소 생소하게 느껴지는 분들도 있을 것입니다. 우리는 마음에 쉽게 해결되지 않는 문제나 아픔이 있을 때 상담을 받으러 가지만, 상담이 반드시 병적인 상태와 연관되는 것은 아닙니다. 모든 아픔이 병리적이라고 할 수도 없지요. 아프다는 것은 일차적으로는 외부의 자극에 대해 우리 몸과 마음이 반응하면서 나타나는 한 가지 양태입니다. 아픔은 현재 상태에서 다른 상태로의 이행, 즉 변화가 필요하므로 몸과 마음을 살펴야 한다는 일종의 신호이지요. 이 신호에 주의를 기울일 때 우리는 치유되고 성장할 수 있습니다.

이 책에서는 문학을 통해 자신의 마음을 돌보는 활동을 이론과 실제 두 차원에서 접근했습니다. 1부 '미적 교육과 문학치유'에서는 문학상담의 가능성을 인간 활동에 고유한 미적 체험의 특성에서 찾고, 개인들이 자기 삶의 예술가가 되는 것을 돕는 문학상담의 활동을 미적 교육의 측면에서 고찰했습니다. 2부 '문학상담과 문학적 프락시스'에서는 두 저자가 인문상담 전공자들에게 가르치고 연구했던 내용들을 다루었습니다. 문학상담은 철학상담과 함께 인문상담의 주요 분야입니다. 마음을 돌보고 성장하는 일은 스스로 할 수 있는 일이지만 너무 많이 지쳐 있어 누군가의 특별한 도움과 지지가 필요할 때도 있습니다. 이런 마음의 어려움을 겪는 이들은 문학적 활동으로 자신을 표현하고 자기와 세계에 대한 철학적 성찰을 도울 수 있는 인문상담자와 함께하는 과정을 통해 더 잘 견디고 성장할 수 있습니다. 이 장은 특히 문학을 비롯한 인문학 텍스트를 활용해 마음의 어려움을 겪는 이들을 돕고자 하는 사람들에게 문학상담을 이론적으로 소개하기 위한 것입니다. 상담자가 되기 위해 전문적인 공부를 하고 있는 분들뿐만 아니라 문학적 치유의 학문적 흐름이 궁금한 분들에게 안내의 글이 되었으면 합니다.

1부와 2부가 문학상담에 대해 이론적으로 접근한 부분이라면, 3부는 문학상담의 실제를 경험할 수 있도록 구성되었습니다. 이 장은 이 책을 읽는 여러분이 책을 따라가며 직접 자기 마음의 무늬를 표현하는 글쓰기를 해보고 자신에 대해 성찰할 수 있도록 하기 위한 것입니다. 처음 여섯 회는 혼자 해보는 활동, 뒤의 여섯 회는 다른 사람들과 함께 글을 쓰고 이야기를 나누는 활동으로 이루어져 있습니다. 이 열두 가지 활동을 모두 혼자 할 수도 있고 처음부터 다른 사람들과 함께해도 무방합니다. 각자 자신의 상황과 마음의 상태에 따라 가장 홀가분한 방식으로 문학과 만나는 시간을 갖도록 합니다. 이 열두 가지의 활동들은 자신의 마음에 온전히 집중해 보는 시간을 갖고 싶은 사람이나 다른 이들을 돕는 데 관심이 있는 문학상담자 모두를 위한 것입니다. 문학상담자는 자신이 직접 문학적 활동을 통한 성찰의 과정을 경험해봄으로써만 다른 사람을 도울 수 있는 역량을 키울 수 있을 것입니다.

프리드리히 니체는 『차라투스트라는 이렇게 말했다』의 「베푸는

덕에 대하여」에서 다음과 같이 이야기합니다.

> 의사여, 네 자신의 병을 고쳐라. 그렇게 하는 것이 너의 환자에게도 도움이 될 것이다. 환자로 하여금 먼저 그 자신을 치유한 경험을 지닌 자를 직접 보도록 하는 것, 그것이 그 환자에게는 최선의 도움이 될 것이다.
>
> 아직 그 누구의 발길도 닿지 않는 길이 천 개나 있다. 천 개나 되는 건강이 있으며 천 개나 되는 숨겨진 생명의 섬이 있다. 무궁무진하여 아직도 발견되지 않은 것이 사람이며 사람의 대지다.
>
> … 진실로, 이 대지는 치유의 장소가 되어야 한다!
>
> – 프리드리히 니체, 『차라투스트라는 이렇게 말했다』, 130쪽

문학과 만나서 스스로 변화하는 경험을 직접 가져 본 사람만이 같은 활동을 통해 다른 사람을 도울 수 있습니다. 그런 점에서 실제 경험을 해보는 것은 자기를 돌보려는 사람들뿐만 아니라 전문가가 되려는 이들의 자기 교육에 필수적입니다. 이때 자기 교육은 자신이 스스로 주체가 되어 행하는 교육이며 어떤 표준화된 모델이 없는 교육입니다. 니체의 말처럼 우리는 하나의 섬이 아니라 각자가 하나의 섬입니다. 섬들마다 다른 풍경으로 아름답고 그 환경에서 잘 자라는 꽃과 새들이 있듯이 우리의 마음이 풍요로워지는 방식도 다양하고 저마다 고유합니다.

그러므로 이 책을 읽고 사용할 때에도 여러분이 각자 자신에게 가장 잘 맞는 방식을 찾기 바랍니다. 전체적인 조망을 통해 앞으로 진행할 일을 먼저 파악하는 것을 선호하는 사람은 순서대로 1부와 2부의 이론적 논의들을 먼저 읽고 나서 3부의 활동들을 하는 편이 좋겠습니다. 구체적 활동을 실행해 보고 그 경험을 토대로 전체를 파악하는 것이 편한 사람이라면 3부의 문학적 글쓰기 활동을 먼저 해본 다음에 이론적 논의들을 읽는 것이 좋겠습니다.

지난 5, 6년 동안 두 저자는 이 책에서 다루는 주제들을 연구하고 마음을 들여다보는 여러 인문상담 프로그램들을 만들어 가면서 힘들지만 행복한 경험들을 했습니다. 인문학을 통해 다양한 삶의 맥락을 가진 사람들과 만나고 대화하는 시간이 가져다주는 큰 기쁨이 있었습니다. 물론 연구자로서 전문적인 훈련을 계속하고 동료 연구자들과 함께 토론하며 학자로서 성장하는 과정은 참으로 보람 있는 일입니다. 그러나 우리가 소중하게 여기며 배워 온 인문학적 지식들이 여러 사람의 다양한 삶과 어떻게 만나고 또 그들의 삶 속에서 어떻게 빛나는지를 알고 싶고, 또 확인하고 싶다는 열망이 항상 있었습니다. 이 책의 3부에 소개된 열두 가지 작업을 활용한 여러 프로그램들을 통해 우리는 학생들뿐만 아니라 일반 시민들과 함께하면서, 인문학이 삶의 손가락에 끼워진 약속의 반지처럼 우리 삶 속에서 변함없이 반짝일 수 있다는 것을 확신하게 되었습니다.

그 시간 내내 사람들은 자신이 마음에 품고 있던 장미와 새를 우리에게 보여 주었습니다. 쉼보르스카는 서두에서 언급한 책의 「『폴란드의 새』라는 책을 읽은 후」라는 글에서 새의 아름다움에 대해 이렇게 썼습니다.

나는 새를 사랑한다. 그들이 날기 때문에, 그리고 날지 않기 때문에. 물이나 구름 속에 몸을 담그기 때문에 사랑한다. 공기로 가득 찬 그들의 발목을 사랑하고, 깃털 아래, 방수(防水) 기능을 가진 솜털을 사랑한다. 날개 후미의 사라진 발톱들과 발끝에 보존되어 있는 발톱들을 사랑한다. 정감 넘치는 물갈퀴 또한 사랑스럽기 짝이 없다. 때로는 자줏빛의, 때로는 노란빛의 껍질로 싸인 그들의 가늘고 꼿꼿한 다리, 혹은 흰 다리를 사랑한다. 우아함을 뽐내는 점잖은 발걸음, 또는 발밑의 땅이 흔들리기라도 하는 듯 뒤뚱거리는 발걸음을 사랑한다. – 비스와바 쉼보르스카, 『읽거나 말거나』, 246쪽

우리가 만나는 사람들이 보여 준 마음의 새들은 전부 다르지만 신기하게 아름답습니다. 날기 때문에, 날지 않기 때문에, 혹은 날 수 있기 때문에, 날 수 없기 때문에 특별합니다. 우리가 직접 볼 수는 없어도 여러분이 이 책과 함께 마음의 무늬를 읽는 시간 내내 정성을 들여 키워 낼 특별한 장미와 새들을 상상해 보는 것만으로도 즐거워집니다.

마음의 장미와 새들을 키우는 것이 쉽지만은 않은 일이지요. 쉼보르스카는 「『장미도감』을 읽고 나서」에서 장미의 아름다움에 대해서도 이야기합니다. 장미가 약 2500만 년 전부터 이 별을 아름답게 장식해 온 이래 아직도 전문가와 장미를 사랑하는 마니아들이 자신이 사는 지역에서 가장 잘 자라고 아름답게 꽃을 피우는 새로운 품종을 만들어 내고 까다로운 품평회를 열어 심사합니다.

심사자들은 꽃송이 자체와 그 색감, 향기뿐만 아니라 장미의 전반적인 위상을 점검한다. 꽃봉오리 단계에서부터 만개했다가 시들 때까지 장미는 공간적으로 또 시간적으로 아름다움을 유지해야만 한다. 뿐만 아니라 잎사귀도 평가의 대상이 된다(사실 잎사귀는 추한데 아름다운 꽃은 없지 않은가). 결국 심사위원들은 식물의 형태 전반, 그러니까 잎자루와 줄기, 가시까지 모두 꼼꼼히 살핀다. 또한 장미의 생장능력과 병에 대한 저항력도 고려한다. 차라리 한 소녀가 '미스 유니버스'로 선발되는 게 훨씬 쉬울 것이다. 미인대회의 심사위원들은 장미품평회의 심사자들보다는 덜 까다로우니 말이다. 그들은 그저 하루 동안에 받은 인상으로 점수를 매긴다. 나는 지금껏 한 소녀가 여인으로 성숙할 때까지 최종 판결을 기다리는 미인대회 심사위원이 있다는 얘기는 들어본 적이 없다. ― 『읽거나 말거나』, 176쪽

자기가 키운 마음의 장미를 심사하는 이는 단지 한 사람, 자기 자

신뿐이지만, 이 유일한 심사자는 시인이 묘사하는 장미 심사위원들처럼 매우 까다로운 편입니다. 그는 다른 이들이 전혀 알지 못하는 마음의 전 과정을 꼼꼼히 살피면서 매 순간 아쉬워하고 감탄합니다.

우리는 다양한 문학상담 프로그램과 미적 교육 프로그램에서 많은 사람들과 만나면서 참여자들에게 두 가지 공통된 마음의 태도를 발견했습니다. 그것은 새를 관찰하는 사람처럼 자신의 영혼의 면면이 지닌 고유한 아름다움을 발견하고 그것을 적극적으로 받아들이는 긍정의 태도입니다. 다른 한편으로 장미를 심사하는 사람처럼 자신의 내면에서 일어나는 모든 일렁임을 잘 살피고 끈기 있게 조사하는 섬세한 태도입니다. 긍정만 있고 섬세함이 없다면 마음의 무늬를 읽고 내면에서 장미와 새를 키우는 일은 자칫 자기 도취와 정당화에 빠지게 될지도 모릅니다. 반대로 섬세함은 있으나 긍정의 태도가 없다면 자신의 마음을 읽는 일은 고되고 지치기 쉬운 일이 되고 말 것입니다. 그러므로 이 책의 열두 가지 마음 읽기 활동에 참여하는 동안 여러분은 긍정과 섬세함을, 사막을 건너는 이의 커다란 물통처럼 충분히 챙겨 가길 바랍니다.

목차

일러두기

1 이 책은 다음 논문들 및 연구보고서의 내용을 초고로 하여 수정·보완·변형한 것입니다.
   1부 _「미적 교육과 문학치유」, 『문학치료연구』 37집, 한국문학치료학회, 2015.
   2부 _「문학상담에 대한 몇 가지 단상」, 『안과밖』 36호, 영미문학연구회, 2014.
   3부 _『내 마음+예술』「문학편」, (재)서울문화재단 2015 성북예술창작센터 예술치유프로그램
   콘텐츠개발 보고서
2 외래어 표기는 원칙적으로 국립국어원의 〈외래어 표기법〉을 따랐으나, 키에르케고어, 베르그
   손 등 일부 인명 표기는 저자의 표현을 따랐습니다.
3 본문에 인용된 서지사항은 〈참고문헌〉에, 시 출처는 권말 〈시 찾아보기〉에 있습니다.

1부

/

미적 교육과
문학치유

문학적 상상력과 치유

예술 작품이나 여러 미적인 대상에서 아름다움을 느끼는 일이 그 자체로 그것을 느끼는 사람에게 존재하는 병리적 태도를 없애는 것은 아닙니다. 비평가 수전 손택은 이렇게 말한 적이 있습니다.

> 감상적인 감정이 무자비함이나 그보다 더 나쁜 것을 즐기는 취향과 완벽히 양립할 수도 있다는 것은 주지의 사실이다(대표적인 예로서, 저녁에 퇴근해 아내와 자식들을 다정하게 껴안아 준 뒤 저녁 식사가 준비될 때까지 피아노 앞에 앉아 슈베르트의 곡을 연주했다는 아우슈비츠 사령관의 사례를 상기해 보라). — 수전 손택, 『타인의 고통』, 153쪽

슈베르트의 음악을 향유할 줄 아는 능력이 곧바로 타인과의 소통이나 공감으로 이어지거나 공공 활동의 토대가 되는 것은 아닙니다. 문학을 비롯한 여러 예술 장르를 통해 개인과 사회가 가진 병리성을 극복하기 위해서는 단순히 예술 향유의 저변을 확대하려는 시도 그 이상의 노력이 요구됩니다. 손택의 말은 예술의 치유적 특성이 어디에 있는지를 탐색하는 작업이 필요함을 환기시켜 주고 있습니다.

다른 한편으로, 미국의 정치철학자 마사 누스바움은 그의 저서 『시적 정의』에서 문학적 상상력처럼 예술 활동을 향유함으로써 습득되는 능력들이 현대 사회의 병리적 요소를 치유하고 극복하는 데 중요한 역할을 한다는 점을 간과해서는 안 된다고 말합니다. 문학적 상상력은 나와 동떨어진 삶을 살아가는 타인들을 이해하고 그들과 관계 맺는 데 필요한 태도를 함양하는 데 필수적인 요소라는 것입니다(『시적 정의』, 16~17쪽). 물론 이런 주장에는 항상 뒤따르는 비판이 있습니다. 오랫동안 현실에 고착화되어 있는 혐오와 차별, 세상에 만연해 있는 온갖 종류의 배제와 억압을 극복하기에는 문학적 공상(fancy)이 갖는 힘이 너무 미약하다는 것입니다. 누스바움은 이러한 비판을 인정하면서도 이에 대한 해결책이 공상의 부인에 있지는 않다고 봅니다. 오히려 그 해결책은 사람들로 하여금 문학적 공상을 충분히 발휘하게 하고 이를 통해 공평하고 폭넓게 공감할 줄 아는 인간적 능력을 지속적으로 함양하게 하는 데 있다고 강조합니다. 이러한 함양의 목적은 "비인간적인 제도적 구조를 상상력으로 대체하는 데 있는 것이 아니라 제도를 새롭게 구축하는 데 있고, 나아가 공감 어린 상상력의 통찰을 보다 완벽하게 체화한 제도와 (제도적 견고함의 보호를 통해) 제도적 주체의 정립에 있다"는 것입니다(『시적 정의』, 20쪽). 그리고 그러한 제도의 구축을 위해서는 무엇보다도 성장주의와 개발정책에 잠식당한 교육의 문제점들을 극복하고, 현대 사회의 병리성을 극복할 수 있는 방안으로서 예술 교육의 의미를 밝히는 동시에 그 교육의 체계를 마련하는 일이 시급하다는 것입니다.

누스바움의 이런 문제의식에 공감하는 예술 교육이 비단 미국 사회에만 요구되는 것은 아닐 것입니다. 근래에 우리 사회에서도 공감 어린 상상력이 지닌 통찰을 체화하려는 예술 교육 활동들이 다양한 방식으로 모색되고 있습니다. 우리는 여러 교육기관이나 공공기관에서 청소년들과 시민들을 대상으로 하는 예술 교육 프로그램들을 통해 예술의 기쁨과 성찰성을 많은 사람들과 함께 나누려고 시도하는 것을 어렵지 않게 볼 수 있습니다.

예술의 비밀

예술에서 공공적인 시민교육을 위한 활동의 가능성을 찾고, 예술이 개인과 사회의 병리적 현상들을 치유하는 공적 자원이 되기를 희망하는 이들은 예술 활동의 과정이 적극적이고 능동적인 것이 되어야 한다고 생각합니다. 예술 교육을 받는 이들이 수동적인 감상자나 소비적인 향유자의 역할 이상으로 예술과 관계할 수 있어야 한다는 것입니다. 그런데 이런 관계 맺기가 가능하기 위해서는 반드시 극복되어야 할 이미지가 하나 있습니다. '예술의 비밀'이라는 이미지입니다. 우리는 흔히 예술을 향유하기 위해서는 예술 작품들이 간직하고 있는 고유한 비밀에 다가가야 한다고 생각합니다. 이때 비밀이라는 관념에는 특정한 전제가 깔려 있지요. 많은 사람들이 예술 작품에는 아름다움의 본질이 숨겨져 있고, 이 본질에 다가갈 때에만 진정한 예술적 향유가 일어난다고 전제합니다.

제목에 '비밀'이라는 단어가 들어간 책들을 인터넷으로 검색해 보면 국내서만 해도 오천 권 이상이 나옵니다. 그중 많은 부분을 차지하는 것은 자기계발서나 경제·경영 계통의 책들이지요. '재테크의 비밀 ─현 자산 관리사가 폭로하는 금융사의 실체와 진짜 부자가 되는 법'이라든가 '설득의 비밀 ─타인을 움직이는 최상의 커뮤니케이션 전략' … 대체로 이런 식입니다. 여기서 '비밀'은 일반 독자들은 모르지만 전문가는 이미 알고 있는 소중한 정보로 이해됩니다. 젊은 시절의 알베르 카뮈에게 큰 영감을 준 것으로 알려진 프랑스 철학자 장 그르니에는 비밀에 대해 이렇게 말한 적이 있습니다.

오늘날 모두가 비밀을 알아내고 싶어 한다. 그것도 어떤 계시를 기다린다거나 혹은 그것에 어떤 믿음을 부여하면서 그러는 것이 아니라 '비밀'을 단지 하나의 수수께끼로 취급하고 있다. 헤겔이 말한 대로 수수께끼는 조금도 신비로울 게 없다. 왜냐하면 그것은 이 세상에 속하는 누구나 알고 있는 사물들로 구성되어 있기 때문이다. 수수께끼는 그 자체 속에 해답을 가지고 있어서, 흩어져 있는 요소를 다시 결합하기만 하면 된다. 그러면 다시 한데 모인 그 전체가 곧 해답이 된다. … 비밀이 만약 이와 같은 하나의 수수께끼에 지나지 않는다면 얼마나 다행한 일인가! 그 수수께끼를 풀기만 하면 비밀을 끝없이 탐구해야 하는 수고로부터 벗어날 수 있으니 말이다.

― 장 그르니에, 『일상적인 삶』, 83쪽

비밀을 일종의 수수께끼로 본다면 예술의 비밀이란 예술가나 비평가의 전문적인 지도에 따라 움직이면 찾아낼 수 있는 고귀한 정보, 또는 창작자로부터 귓속말로 은밀히 전해 들을 수 있는 창작 의도로 간주될 수 있습니다. 그 비밀이 벗겨지거나 전달되는 순간 예술 작품의 본질은 환하게 드러날 것만 같지요. 그러나 정말 그런 것일까요? 그르니에뿐만 아니라 독일의 철학자 마르틴 하이데거도 이런 식의 비밀 관념을 비판합니다.

비밀은 진리 너머에 위치한 어떤 장애물이 아니다. 사실 그것은 진리의 가장 고상한 형태이다. 왜냐하면 비밀을 진정 그것인 바대로 남겨 두려면, 물러남 속에 본래적인 존재를 보존하려면, 비밀은 자체로 드러내어져야 한다. 비밀의 감추는 힘 속에서 이해되지 않은 비밀은 비밀이 아니다. ─ 티머시 클라크, 『마르틴 하이데거, 너무나 근본적인』, 207~208쪽에서 재인용

홍미롭게도 하이데거는 비밀을 진리로 가기 전의 단계, 진리가 빛을 뿜어내는 장소로 진입하기 위해 반드시 부수거나 열어야 하는 견고한 문과 같은 것이라고 보지 않습니다. 그는 비밀은 진리를 은폐하고 진리에 대립하는 것이 아니라 오히려 진리의 가장 고상한 형태라고 말합니다. 그렇다면 예술의 비밀은 단 한 번에 밝혀져 진리가 되는 건 아닐 것입니다. 예술이 비밀을 간직하고 있다면 그런 비밀이란 자신의 진리를 감추면서 무수히 진리를 만들어 내는 힘이 예술 안에 있음을 뜻합니다.

비밀에 대한 이런 생각은 괴테에게서도 발견됩니다. 괴테는 「복된 갈망」(Selige Sehnsuch)이라는 그의 시에서 'offenes Geheimnis'라는 표현을 자주 사용합니다. 이 시구는 우리말로는 '공공연한 비밀'로 번역되고 영어로는 'open secret'으로 번역되지요. 그런데 독일어 '게하임니스(Geheimnis)'는 '비밀(secret)'이라는 의미뿐만 아니라 '신비(mystery)'라는 의미까지 포괄하고 있습니다. 신비는 완전히 밝혀지지 않고 늘 이해 불가능한 것으로 남아 있는 상태를 표현하는 말입니다. 그런 점에서 괴테는 비밀을 신비스러운 것으로 여겼습니다 (Michael Bell, *Open Secrets*, p.4).

그러나 철학자들과 위대한 문호의 단언에도 불구하고, 우리는 여

전히 비밀을 철학적이거나 예술적인 진리에 이르기 위해 습득해야 할 일종의 노하우와 관련이 있는 것으로 생각하곤 합니다. 만일 선의로 가득 찬 선임자나 좋은 선생이 있어 이 비밀을 알려만 준다면 우리는 다른 이들보다 정확하고 빠르게 이 진리에 도달할 수 있을 것이라고 확신합니다. '우리는 최고의 거장을 찾아가 그의 견습생이 되어야만 한다. 견습생이 되어서 예술에 담긴 아름다움의 비밀을 풀고 예술의 진리를 만나야 한다.' 이렇게 생각하는 것이지요. 그리고 바로 이런 생각의 연장선상에서 우리는 교사의 역할을 해줄 예술가를 찾게 됩니다. 비밀을 빨리 알아내서 단번에 예술의 진리에 도달하려는 사람들일수록 예술가 교사에 대한 모종의 통념을 강하게 가지고 있습니다. 그는 학생들이 예술의 수수께끼를 잘 풀 수 있도록 세상에 흩어져 있는 예술에 대한 전문 정보들을 모아 가장 효과적인 방식으로 그들에게 전달해 주는 이입니다.

미적 교육의 이상 : 예술가 교육

아달베르트 슈티프터의 소설 『늦여름』에는 최고의 교사를 찾았다고 확신하는 한 젊은이가 주인공으로 등장합니다. 그는 예술에 대한 열망과 조급증으로 가득 차서 자기가 내심 스승으로 삼고 있는 등장인물에게 이렇게 닦달합니다.

"그런데 대리석 계단에 세워 둔 조각상이 저리 아름답다는 걸 어찌 말씀해 주시지 않으셨습니까?"

"다른 사람이 그러던가?"

"제 눈으로 직접 봤습니다."

"그렇다면 남에게 그런 이야기를 들었을 때보다 그에 대한 믿음이 한결 강고하겠군."

"예, 저는 그 조각상이 무척 아름답다고 믿습니다." 나는 조각상이 '아름답다'에서 '아름답다고 믿는다'로 내 표현을 수정했다.

"나 역시 자네의 믿음에 공감하네."

"왜 제게 조각상에 관해 이야기를 해주지 않으셨습니까?"

"언젠가 자네가 그걸 직접 보고 그 아름다움을 알아보리라 생각했던 게지."

"미리 말씀하셨더라면 제가 미리 알았을 수도 있지 않습니까?"

"누군가에게 뭔가가 아름답다고 말해 준다고 항상 그 아름다움을 소유할 수 있는 건 아니네. 그냥 그렇겠거니 하고 믿는 경우가 많지. 그건 결국 미를 받아들이려는 사람의 의지를 떨어뜨리네. 미라는 것은 자신의 동력으로 찾아야 하는 것이니까. 나는 자네가 자네 힘으로 그것을 찾으리라 생각했네. 그래서 그때까지 차분히 기다렸지."

— 아달베르트 슈티프터, 『늦여름1』, 385~384쪽

아름다움은 가르치고 싶다고 해서 가르칠 수 있는 것이 아닙니다.

자꾸 딴청을 피우는 것만 같은 스승을 보며 견습생 청년은 애가 탑니다. "그때까지 차분히 기다렸지"라는 스승의 말은 가르침에는 언제나 적절한 때가 있다는 뜻일까요? 그가 기다렸던 것은 가르침의 적정 시기가 아니라 청년이 아름다움과 만나는 순간입니다. 스승이 보기에 아름다움은 가르쳐질 수 없습니다. 아름다움은 말로 지시한다고 전달될 수 있는 것이 아니기 때문이지요. 그런데 아름다움을 배울 수는 있습니다. "직접 보고 그 아름다움을 알아보리라"는 말은 배움의 가능성에 대한 믿음을 보여 주지요. 이때 배움이란 지도(instruction)의 매개 없이도 일어나는 직접적 이해(understanding)입니다.

질 들뢰즈는 마르셀 프루스트의 작품들을 철학적으로 분석한 『프루스트와 기호들』에서 지도되지는 않으나 이해할 수는 있는 앎에 대해 말합니다.

어떤 사물에 대해서 〈이집트 학자〉가 아닌 견습생(apperenti)은 없다. 나무들이 내뿜는 기호에 민감한 사람만이 목수가 된다. 혹은 병(病)의 기호에 민감한 사람만이 의사가 된다. 목수나 의사 같은 이런 천직(天職)은 늘 어떤 기호에 대한 숙명이다. 우리에게 무언가를 가르쳐 주는 모든 것은 기호를 방출하며, 모든 배우는 행위는 기호나 상형문자의 해석이다. 프루스트의 작품은 추억을 늘어놓는 추억의 전시장이 아니라 기호들을 배워 나가는 과정 위에 건축되어 있다.

— 질 들뢰즈, 『프루스트와 기호들』, 23쪽

사물들이 내뿜는 기호(sign)에 민감한 사람만이 예술가가 될 수 있습니다. 견습생이 뚫어지게 보아야 하는 것은 교사의 입이 아니라 사물들의 몸입니다. 이집트 상형문자를 해독하는 고고학자처럼 사물의 기호에 민감할 때 우리는 아름다움을 배우며 그것의 비밀을 발견하는 예술가가 될 수 있지요. 사물들의 아름다움은 은밀하게 감춰져 있지 않습니다. 그것들은 도처에 공공연한 비밀로 존재하죠. 문제는 그 아름다움을 발견할 수 있는 민감성입니다. 사물들이 뿜어내는 기호에 대해 민감할 때에만 사물들의 아름다움을 이해하고 발견하게 됩니다.

따라서 미적 교육을 실행하는 교사는 학생이 교육의 장에서 스스로의 동력으로 미를 발견할 때까지 기다리는 사람입니다. 물론 가만히 기다리기만 하지는 않습니다. 그는 다양한 활동을 통해 학생이 사물의 기호에 민감해질 수 있도록 자극합니다. 그는 예술적 정보들을 가르치는 사람이 아니라 학생이 모든 사물에서 미적인 것을 발견하고 미적 체험을 할 수 있도록 촉진하는 사람입니다. 여기서 중요한 것은 예술 작품의 기호에 민감해져 작품을 잘 감상하도록 하는 것이 아닙니다. 미적 교육은 학생을 존재하는 모든 사물에서 미적 계기를 찾아낼 수 있도록 이끌어야 합니다. 예술 작품에만 머물지 않고 주변의 사물들과 이웃들, 나아가 아주 멀리 있는 사물들과 사람들에게까지 민감해진다는 것은 무엇을 의미할까요? 그것은 학생을 민감하고 고급한 감상자로 양성하겠다는 의도를 넘어섭니다. 이 과정은 한 사람이 그 스스로 예술가가 되는 것, 또는 예술적 삶을 살아가는 것을 의미합니다. 앞서 말했듯이 사물들의 기호에 민감한 사람은 작품을 잘 이해하는 감상자가 아니라 그 스스로 예술가가 됩니다. 미적 체험 교육은 학생들에게 예술 작품을 더 잘 이해시키기 위해서가 아니라 그들을 예술가로서 살아가게 하기 위한 것입니다. 다시 말해 미적 이해와 미적 실천을 통합적으로 실현함으로써 예술가라는 미적 인간의 이상을 달성하려는 것입니다.

미적 활동에 대한 두 가지 이해 : 포이에시스와 프락시스

미적 체험 교육이 교육 대상을 단순한 감상자나 향유자가 아닌 예술가로 만드는 데 목적을 두고 있다고 해봅시다. 이에 대해 제기될 수 있는 가장 큰 비판은 미적 교육을 엘리트 교육으로 몰아갈 위험이 있다는 것입니다. 엘리트 예술 교육은 뛰어난 기량과 기예를 갖춘 경쟁력 있는 전문 예술가들을 양성하는 데 초점을 맞춥니다. 사회의 요구에 부응하거나 사회적 효용성을 갖는 데 필요한 수준을 넘어서 예술이나 인문학을 교육의 필수 내용으로 강조하는 경향에 대해서는 늘 우려의 목소리가 있어 왔습니다. 예술이나 인문학의 고급 정보들은 여유로운 생활이 가능한 특정 계층만이 접근 가능한 것이므로 교육에서 예술이나 인문학을 너무 강조하면 교육적 자원을 특정 계층에만 분배하는 상황이 된다고 걱정합니다.

마사 누스바움은 문학 교육에 대해 많은 이들이 갖는 태도가 이런 관점을 드러낸다고 봅니다. "우리는 문학을 선택적으로 생각하는 데 익숙하다. 즉, 문학은 위대하고 소중하고 흥미롭고 훌륭하지만, 대학의 학과 중 하나로 정치·경제·법적 사유와는 동떨어진 분야로 생각하거나, 또 그것들과 동등한 것이라기보다는 부수적인 것으로 여기는 경우가 많다."(『시적 정의』, 27쪽) 문학은 모든 이에게 보편적으로 도움을 주는 활동이 아니라 여가생활이 가능할 만큼 한가한 계층이나 고등한 교육을 받은 사람들이 누릴 수 있는 쾌락적 활동이라는 것이지요. 더욱이 예술 교육을 예술가 교육으로 규정할 경우, 교육 대상을 고급 예술에 접근이 용이한 일부 사람들만으로 더욱더 제한하여 예술적 재능을 지닌 소수의 엘리트들을 육성하는 데 머물게 될 것이라고 예견합니다.[1]

그러나 이런 관념은 특정한 예술관을 전제할 때에만 성립합니다. 인간의 활동에 관심을 가지고 주요 활동들의 특성에 대해 분석했던 한나 아렌트는 우리가 가진 예술관을 비판적으로 검토하는 데 유용한 통찰을 제공해 줍니다. 지금 논의하고 있는 예술가 교육과 기존의 엘리트 예술 교육을 구별하는 데에도 큰 도움이 됩니다. 아렌트는 『인간의 조건』에서 고대 그리스의 전통에 따라 인간의 활동적 삶(vita activa)을 노동(labor), 작업(work), 행위(action) 세 가지로 구분합니다(한나 아렌트, 『인간의 조건』, 55쪽). 그리스어로 작업과 행위를 가리키는 표현인 '포이에시스(poiesis)'와 '프락시스(praxis)'의 구분은 우리가 예술 활동을 다른 방식으로 이해할 수 있는 실마리를 줍니다.

포이에시스는 일종의 장인적 활동으로서 사물을 제작하고 생산하는 행위입니다. 가령 가구를 만드는 장인은 특정한 목적을 가지고 하나의 가구를 설계하고 여러 수단을 활용해 그것을 제작해서 세상에 내놓습니다. 만드는 것이 의자든 바이올린이든 예술 작품이든, 장인의 활동은 완성된 생산물이나 작품에 따라 그 탁월함을 평가받지요. 포이에시스적 활동에서 중요한 것은 그 활동의 결과로서 얼마나 탁월한 생산물이 주어지느냐 하는 것입니다.

이런 종류의 활동에서 장인의 인격은 그 생산품 뒤로 사라집니다. 생산자가 누구였는지는 전혀 중요하지 않지요. 물론 우리는 위대한 장인들을 높이 평가하며 개인에게 명장(明匠)의 지위를 부여합니다. 그런데 중세만 해도 장인들에게 그런 개별적 인격성은 보장되지 않았다고 합니다. 사회학자 리처드 세넷이 『장인』(The Craftsman)이라는 책에서 밝히고 있듯이, 중세 이전의 장인들은 공개적 자리에서 그들의 이름 대신 직업이 이름처럼 불려졌습니다. 스미스(Smith, 금속 세공인)나 카펜터(Carpenter, 목수)와 같이 흔히 볼 수 있는 사람들의 성은 그들의 조상이 금속 세공을 하는 장인이었거나 목수였다는 사실을 알려 줍니다.

중세 길드는 도시 내 작업장들 간의 개별적인 차이를 강조하지 않는 게 보통이었다. 길드가 집단적으로 통제했던 사항은 식기나 외투 같은 물건의 생산지가 어느 곳이냐는 것이었지, 제작자가 누구이냐가 아니었다. – 리처드 세넷, 『장인』, 117쪽

중세 길드에서는 생산품의 생산자가 피렌체 지방에 사는 누군가였다는 정도만 밝혀지면 충분합니다. 그것도 생산품의 생산지역이 그 생산품의 질을 보증해 주기 때문이지 실제로 생산자에 대한 관심 때문은 아니었습니다. 장인에 대한 중세 이전의 관념들이 잘 보여 주듯이 포이에시스적 활동은 작업의 결과인 생산물에 관심을 기울입니다. 따라서 예술 활동을 하는 사람들을 그 활동의 결과물인 작품을 기준으로 전문가와 비전문가로 나누는 관점은 예술을 포이에시스적인 인간 활동으로 이해하는 것이라고 할 수 있습니다. 예술을 이렇게 보면, 작품을 중심으로 예술의 탁월성을 평가하고 그 탁월성의 수준을 알아보는 감식안을 갖게 하는 것을 미적 교육의 목표로 삼게 됩니다. 또 다른 한편으로는 탁월한 재능을 가진 학생들을 선별하여 고도로 전문화된 교육을 수행함으로써 뛰어난 예술가로 만드는 것을 미적 교육의 최종 목표로 삼게 됩니다.

포이에시스와 달리 프락시스는 공적 영역에서의 인간 활동을 의미합니다. 프락시스, 즉 행위는 자신의 정신 속에 설계되어 있는 사물이나 아이디어를 세계에 그대로 구현해 내는 활동인 작업과는 다릅니다. 행위는 작업실에서 홀로 수행되는 활동이 아니라, 공적 세계를 구성하는 타인들의 행위와 말의 그물망 속에서 발생하는 것이기 때

문에 그렇습니다. 그리스어에는 '행위한다'는 의미를 가진 동사가 두 종류가 있었음을 아렌트는 지적합니다. 시작한다는 뜻을 함축한 '아르케인(archein)'과 완성한다는 뜻을 함축한 '프라테인(prattein)'입니다. 행위하는 자는 이 세계에서 무언가 새로이 시작하는 자입니다. 물론 이 새롭게 시작되는 행위는 어느 순간에 완성되겠지요. 그런데 이 행위의 완성은 행위자 혼자서 이루어 내는 것이 아닙니다. 행위는 다른 사람들의 말과 행위가 교차하는 공적 공간에서 그것들과의 상호작용을 통해서만 이루어집니다. 이 때문에 행위는 행위하는 자의 의도대로 완성되기가 어렵습니다. 그가 원했던 결과 대신 늘 다른 사람들이 영향을 미친 결과들이 생겨납니다.

그런데 그리스에서 로마로 넘어가면 다른 양상이 나타납니다. 라틴어에서 행위한다는 의미의 동사는 더 이상 시작한다는 뜻을 함축하지 않습니다. 로마에서는 완성한다는 뜻을 가진 '프라테인(prattein)'의 번역어 '게레레(gerere)'만이 행위 일반을 가리키는 단어로 사용되었습니다. 시작한다는 의미의 그리스어 '아르케인(archein)'에 해당하는 라틴어 '아게레(agere)'는 더 이상 행위한다는 의미로 쓰이지 않고 단지 지도한다는 의미로만 쓰게 된 것이지요 (『인간의 조건』, 250~251쪽). 이는 단순히 단어의 변화로만 그치지 않습니다. 거대한 제국의 형태로 발전한 로마 시대로 들어서면서 사람들이 행위라는 관념을 이해하는 방식이 달라진 것입니다. 이제 행위한다는 것은 새롭고 창조적인 방식으로 시작한다는 의미를 갖지 못하고 그저 누군가의 지도에 따라 어떤 일을 완수한다는 것만을 의미하게 되었습니다. 이렇게 되면 교육 '행위'는 교사가 지도하는 내용을 학생이 성취해야 하는 과정이 됩니다. 그리고 교육과정을 모두 이수한 성인들에게 행위는 전문가의 지도와 조언에 따라 성취해야 하는 어떤 활동이 되어 버립니다.

그러나 아렌트가 보기에 행위한다는 것의 진정한 의미는 시작한다는 데 있습니다. 또 그 시작을 통해 행위자의 존재가 타인들의 말과 행위 속에서 드러난다는 데 있습니다. 다시 말해 포이에시스와 달리 프락시스에서 중요한 것은 활동의 결과물이 아니라 활동을 시작하는 행위자와 그 과정 속에서 표현되는 행위자 자신의 존재입니다. 행위는 타자들의 말과 행위 속으로 던져지기 때문에 결과의 차원에서 보자면 허약성을 지닙니다. 결과가 의도한 대로 나오지 않기 때문입니다. 따라서 우리는 결과의 예측 불가능성을 피하기 위해 프락시스를 포이에시스로, 즉 행위를 작업으로 환원하기를 희망합니다. 위대한 지도자나 훌륭한 교사의 머릿속에 이미 설계되어 있는 멋진 관념에 따라서 지도자나 교사가 시작을 하고 시민이나 학생들은 그들의 지도에 따라 완성만 하는 것이 좋다고 보는 것이죠.

현대 사회는 이미 정해진 (최고의) 방식으로 이미 정해진 (최고의) 내용을 전달하고 그에 따라 예상한 결과를 얻는 일을 최우선으로 여기는 경향이 있습니다. 그 결과 교육의 장에서뿐만 아니라 사회적 삶의 전 영역에서 행위하고 시작할 줄 아는 창의적 인간이 사라지고 있습니다. 따라서 우리가 예술을 통해 창의적 교육을 수행하고자 할 때 반드시 다시 생각해 보아야 할 것은 포이에시스적 모델에 기초한 예술관입니다.[2] 예술 활동의 결과물로서의 작품에만 관심을 두는 한, 새로이 시작하고 창조하는 행위자의 자리는 예술 교육에서 사라지고 말 것입니다. 예술의 탁월성을 성취하기 위해서는 전승된 기량과 기예를 철저히 익히는 것이 더 효과적입니다. 새로운 것을 시작할 위험을 감수하는 것은 결과의 관점에서 보았을 때 매우 비효율적이기 때문이지요.

그러나 예술을 프락시스적 활동으로 규정한다면 중요한 것은 결과물이 아니라 행위하는 사람 자신이 됩니다. 그는 특정한 예술 활동 속에서 이제 사물을 자기만의 독특한 방식으로 바라보기를 '시작'하고 그것을 다른 이들에게 표현함으로써 그 자신이 어떤 사람인지를 드러내는 활동을 '시작'합니다. 프락시스적 관점에서 접근한다면 예술 교육은 최고의 예술 생산품을 만들어 내기 위해 교육의 대상을 예술적 역량에 따라 선별할 이유가 없습니다. 또한 탁월한 심미안을 확보하기 위해 특정한 예술적 정보를 전달하는 일에 급급할 이유도 없습니다. 예술 활동에서 중요한 것은 스스로 시작하는 능력 그 자체이기 때문입니다.

그러나 프락시스적 관점은 엘리트 교육을 지양하고 민주주의적 평등성을 확보하기 위해서 예술 교육에 편의적으로 도입된 것이 아닙니다. 예술사의 많은 위대한 사건들은 시작하는 활동이야말로 예술의 가장 핵심적 활동임을 보여 줍니다. 예술사는 정전의 규범으로 보기에는 서툴거나 어색한 시도들이 누군가에 의해 시작됨으로써 새로운 예술적 사건으로 자리매김하는 일들로 가득합니다. 물론 모든 이들의 시작과 그것의 결과가 예술적 사건으로 격상될 만큼 높은 수월성(秀越性)을 확보할 수는 없지 않느냐는 반문이 제기될 수도 있습니다. 그러나 아렌트는 수월성(excellence)이란 수행 과정 자체에 있는 것이지 활동이 끝난 뒤에 존속하며 활동과 독립적으로 존재하는 최종 산물에 있는 것이 아니라고 봅니다(한나 아렌트, 『과거와 미래 사이』, 209쪽). 이런 관점에서 본다면 예술의 수월성은 생산된 예술 작품이 어떤 수준으로 완성되었는가보다는 예술 활동의 주체가 자신을 활동 과정에서 어떤 방식으로 얼마나 고유하게 드러내고 있는가에 달려 있습니다. 예술 교육의 수월성 역시 교육 과정에서 수행된 예술 활동의 산물이 정전의 기준에 비추어 보았을 때 얼마만큼의 완성도를 갖는지와 관련되는 것이 아닙니다. 그것은 참여 주체인 학생이 얼마나 자신만의 고유한 방식으로 예술과 관계 맺는지에 달려 있습니다. 그리고 교사와 다른 학생들에게 자신을 미적으로 표현함으로써 다른 참여자들의 말과 행위 속에서 스스로를 얼마나 드러내는지와 연관이 있습니다.[3] 예술 교육이 추구하는 수월성은 미적 주체의 수월성입니다. 이것은 한 사람이 예술적 사물을 비롯한 모든 사물에서 아름다움과 기쁨을 발견하고 그것을 충분히 표현할 매체를 탐색하여 스스로 자신의 정서, 자신의 인식을 자유롭게 드러낼 수 있는 수행적

(performative) 주체로 형성되는 것을 의미합니다. 이런 의미에서 수월한 예술 교육은 참여자들이 그 교육 활동을 통해서 자신의 개성화 (individualization) 과정을 진행시키는 것이기도 합니다. 파블로 피카소는 정확히 이런 관점에서 예술을 이해한 예술가였습니다.

그들은 우리에게 모든 사람을 모방하라고 하고, 우리를 또 다른 벨라스케스나 또 다른 고야나 그도 아니면 푸생으로 바꾸려 한다. 그 과정에서 우리는 아무도 아니게 된다. 예술은 개인으로부터 시작된다. 개성이 나타나면 바로 그때가 예술의 시작이다. – 서울문화재단 엮음, 『미적 체험과 예술교육』, 81쪽에서 재인용

성찰과 표현의 미적 교육 : 나를 돌아보는 여덟 개의 방

◇ 반응(reaction)에서 행위(action)로
미국의 교육철학자 맥신 그린은 예술 교육의 중요한 접근법으로 미적 체험 교육을 제안하면서 이렇게 말합니다.

예술을 인지하고 감상하는 이들의 경험을 결정하는 것은 교사나 예술 비평가들의 역할이 아닙니다. 그 방법을 개방하는 것이 우리의 의무입니다. … 학생들이 그들의 이미지 상점에 문을 두드리고, 그들의 기억과 지속적으로 연락하고 지내기를 바랍니다. 의식이 외형

으로 개방되고 일정한 소리로 연결될 때, 학생들은 단순히 실수 없이 정확히 공연하거나 특별한 기술이나 수월성에 초점을 맞추기보다, 그들의 삶의 다면성을 인지하고 이에 대해 이야기함으로써 진정한 배움이 시작되는 질문을 던지는 단계로 접어든다고 믿습니다.

— 맥신 그린, 『블루 기타 변주곡』, 118, 121쪽

2014년 연희문학창작촌에서 진행되었던 문학 프로그램 〈나를 돌아보는 여덟 개의 방〉은 미적 체험에 대한 맥신 그린의 이러한 생각에 공감하면서 기획되었습니다.[4] 이 프로그램은 일반 시민들이 다양한 문학 텍스트들과 문학적 표현양식들을 활용해서 자기를 표현하고 이해할 수 있도록 돕고, 인문학의 고유한 성찰성과 치유의 힘으로 자신의 삶을 새롭게 시작할 수 있는 역량을 기르게 하기 위한 것입니다. 여기서 추구하는 문학소통은 참여자들이 작가나 문학 텍스트에 대해 이해하고 공명하는 것을 넘어 자기 자신과 소통하고 자기를 창조적으로 형성해 가는 것입니다. 〈나를 돌아보는 여덟 개의 방〉은 다양한 주제에 따라 여덟 개의 문학적 공간에 머물면서 총 여덟 번의 만남이 이루어지도록 구성되었습니다. 각각의 만남은 2부로 구성됩니다. 1부에서는 우리 삶을 탐색할 수 있는 주요 주제어들을 두고 작가들과 학자들의 이야기를 듣습니다. 그런 다음 2부에서는 시민들이 5~6명의 소집단을 이루어 여러 종류의 문학적 작업을 합니다. 소집단 활동은 시 쓰기, 언어 콜라주, 초성(初聲) 놀이를 이용한 시 쓰기, 단어 퀼

	주제	구성
첫 번째 방	기록, 선물이 되는 시	1부 시인과의 만남 2부 마음의 기록, 순간의 기억
두 번째 방	사랑, 너의 이름	1부 시인과의 만남 2부 언어 콜라주
세 번째 방	놀이, 우리는 '놀이'를 사랑해	1부 시인과의 만남 2부 초성놀이
네 번째 방	우정, 말하는 돌들 교환하기	1부 시인과의 만남 2부 우정의 단어 퀼트
다섯 번째 방	청춘, 나의 가장 시적인 계절	1부 시인과의 만남 2부 시로의 초대
여섯 번째 방	공간, 너와 나의 '공간'이 열리는 곳	1부 영문학자와의 만남 2부 공간의 재발견
일곱 번째 방	유년, 나와 당신과 우리, 경계의 나날들	1부 동화작가와의 만남 2부 상담심리학자와의 만남
여덟 번째 방	향연, 유한한 삶을 축복하는 법	1부 철학자와의 만남 2부 토론 : 이반 일리치가 우리에게 던지는 질문

〈나를 돌아보는 여덟 개의 방〉 프로그램

트를 활용한 집단 시 창작, 대화와 토론 등으로 구성되었습니다.

이 작업은 문학을 통해 참여자들이 자신을 표현하고 성찰하는 문학상담의 성격을 띠기도 합니다. 문학상담(Literary Counseling)은 철학상담과 더불어 인문상담학의 한 분야입니다. 상담심리학자이자 인문상담 영역을 개척한 이혜성에 따르면 인문상담학은 "내담자가 호소하는 증상의 제거를 넘어서 인간의 인간적인 성숙을 목표로 하기 위하여 상담 과정에 인문학적인 깊이를" 통합하는 시도라고 할 수 있습니다.[5] 인문상담학은 의학적 치료 모델을 따라 인간을 파악하지 않습니다. 따라서 인문상담학의 한 분야인 문학상담도 병리적 문제를 겪고 있는 사람들을 사회적 건강성의 표준에 맞추어 회복시킨다는 정상성의 모델과 거리를 둡니다. 문학상담은 모든 이들이 성숙하고 성찰적인 삶을 실현할 수 있도록 돕는 일에 관심을 갖습니다. 〈나를 돌아보는 여덟 개의 방〉 역시 문학 텍스트가 지닌 강렬한 환기와 자극을 통해 사람들이 습관적인 일상을 벗어나는 체험을 하게 하고, 나아가 과거의 편린들을 활용하는 예술적 활동을 통해 새롭게 자신을 표현하고 구성할 수 있도록 하는 데 초점을 맞추었습니다. 여기서 나를 '돌아보는' 것은 단순한 회고와 발견의 과정이 아닙니다. 이 과정에 참여하는 이들은 상처의 순간뿐만 아니라 삶의 전 순간에서 발생한 기계적이고 수동적인 자기 **반응**을 예술 활동 속에서 재점검하면서 그 반응들을 적극적이고 능동적인 자기 **행위**로 재구성할 수 있게 됩니다. 이를 통해 참여자들은 자존감을 높이고 새로운 자기 성장의 힘을 습득할 계기를 얻을 수 있습니다.

문학 교육을 비롯해 다양한 예술 교육의 주안점도 능동적인 미적 체험을 통해 자기 자신을 성숙하게 하는 데 있습니다(곽덕주, 「미적 체험 예술 교육의 이해」, 『미적 체험과 예술교육』, 6쪽). 이런 점에서 문학치료나 문학상담은 궁극적으로 예술 교육과 같은 지향점을 갖는다고 볼 수 있습니다. 문학상담에서는 문학을 매개로 상담자와 내담자가 서로 이야기를 나누는 상담(相談)의 과정, 즉 대화의 과정에서 개인이 성장과 성숙을 이루는 것을 강조합니다. 이때 대화는 단순한 말하기를 의미하는 것이 아니라 읽고 쓰고 말하고 듣는 전 과정을 포함합니다. 성찰적인 목적을 가진 문학 활동은 참여자가 자신의 개인적 이슈들과 관련된 문학 텍스트를 읽음으로써 그 이슈들과 대면하고 자신만의 고유한 경험을 시나 에세이, 동화와 같은 다양한 문학적 양식을 활용해 표현하는 과정으로 구성될 수 있습니다. 또는 문학 텍스트를 직접 창작할 때 가질 수 있는 부담을 줄이기 위해서 예술가들의 창작물에서 차용해 온 문학적 표현들을 사용하여 창작 활동을 수행해 보고 그 창작된 결과물에 대해 함께 이야기를 나누고 듣는 과정으로 진행되기도 합니다. 참여자의 사안과 상황에 따라 개방된 조건에서의 활동이 어려운 경우에는 참여자와 상담자 둘만의 만남으로 진행될 수도 있지만, 많은 경우 함께 쓰고 이야기 나누는 집단상담의 방식으로 진행됩니다.

◇ 습관적 자기 기술에서 창의적 자기 표현으로

여덟 개의 방에서 다루고 있는 기록, 사랑, 놀이, 우정, 청춘, 공간, 유년, 향연은 상담적 이슈와 관련된 내용적 접근과 표현적 접근을 모두 고려하여 선정된 주제들입니다. 먼저 내용의 측면에서 살펴보자면 '기록의 방'은 나와 나를 둘러싼 사람들에 대해 기록하고 그 기록을 통해 나를 이해하기 위한 활동으로 이루어져 있습니다. '사랑의 방'

과 '청춘의 방'은 각자의 사랑 체험을 다루고 청춘에 대한 자기만의 정의를 내려 보는 회입니다. '공간의 방'은 자기에게 의미 있는 공간에 대한 이야기를 나누면서 개인들의 숨겨진 개별 이슈가 표현의 층위로 올라올 수 있도록 촉진하는 활동으로 이루어져 있습니다. '유년의 방'에서는 유년에 대한 기억을 가져오면서 부모에 대한 감정과 현재의 자기 모습을 돌아봅니다. 마지막으로 '향연의 방'에서는 죽음의 문제를 다루게 됩니다.

여덟 개의 방은 개인적 삶의 이슈들을 내용적으로 다루는 데 그치지 않고 이것을 표현하는 각각의 방식을 갖도록 구성되어 있기도 합니다. 먼저 '기록의 방'에서 김소연 시인은 나와 가족의 관계에 대한 시를 쓰되 그것에 대한 감정을 직접적으로 진술하기보다 관찰의 방식으로 표현할 것을 제안했습니다. 이런 과정을 통해 참여자는 모호하게 느끼고 있던 감정들을 구체화하고 정확하게 인지하여 표현할 수 있는 기회를 갖게 됩니다.

'사랑의 방'에서는 사랑에 대한 여러 이야기를 들려준 박시하 시인의 시들을 오리고 붙이는 언어 콜라주 작업을 통해 자기만의 사랑시를 창작했습니다. 사랑이란 자신이 타자의 말과 행동 속에 뒤섞이면서 새로운 자아로 변환되는 과정이라는 점을 고려할 때, 이미 주어진 타인의 이질적 단어들과 문장들을 활용하여 사랑에 대한 자신의 이미지를 표현하는 작업은 그 자체로 사랑의 행위와 닮아 있습니다. '놀이의 방'에서는 오은 시인이 제시하는 초성들로 단어를 여러 개

만들고 그렇게 만들어진 단어들을 사용하여 시를 창작하는 유희적 작업에 초점을 맞추었습니다.

'우정의 방'에서는 심보선 시인이 사회학자로서 그리고 시인으로서 생각하는 우정의 의미를 참여자들과 함께 음미했습니다. 그전 시간에 참여자들은 자신이 좋아하거나 요즘 읽고 있는 책을 한두 권씩 가져와 달라는 요청을 받았습니다. 소집단의 구성원들은 각자 가져온 책에서 수십 개의 단어들을 뽑아서 그것을 다른 집단에 선물했습니다. 그리고 각 집단은 선물받은 단어들을 가지고 공동의 시를 창작했습니다. 이 활동에서는 함께 의견을 나누고 동료들의 선택을 존중하고 조정해 가는 예술적 협업의 과정이 중요합니다. 그것은 그 자체로 우정의 체험이 될 수 있기 때문입니다.

'청춘의 방'에서 진은영 시인은 젊은 날의 개인적 기억에 대해 다룸과 동시에 일상적 언어 표현과는 다른 문학적 표현 활동에 대해 생각해 볼 수 있도록 했습니다. 이미 네 차례의 창작활동을 통해 시인-되기(being-poet)의 기쁨을 경험한 참여자들이 자신이 수행한 문학적 활동의 의미를 이해하고 성찰하는 시간을 가졌습니다. 시인은 시를 쓰는 과정에서 시각, 청각, 촉각, 후각, 미각과 같은 구체적 감각들을 활용해서 표현해 볼 것을 제안함으로써, 문학적 표현의 역량을 심화시킬 수 있도록 했습니다.

'공간의 방'에서는 영문학자 정은귀 선생님이 하나의 공간이 갖는 역사적이고 사회적인 의미, 문화적 의미에 대해 강연해 주었습니다.

참여자들은 각자 준비해 온 특정 공간의 사진이나 그림을 제시하며 그것들이 갖는 의미에 대해 서로 이야기를 나누었습니다. 그런 다음, 각 참여자가 자신의 공간에 대해 시의 첫 행을 쓰면 다른 참여자들이 이어서 시를 완성하였습니다. 이를 통해 하나의 공간에 대해 서로 다른 느낌을 표현하고 그것들이 함께 모여 공통의 감각을 이루는 경험을 할 수 있었습니다.

여섯 회에 걸쳐 개인적 표현작업들을 수행한 후에 '유년의 방'에서는 김지은 동화작가와 함께 유년의 추억들을 상기시키는 동화를 읽었습니다. 동화를 읽으면서 유년기의 일반적인 특성에 대해 이해

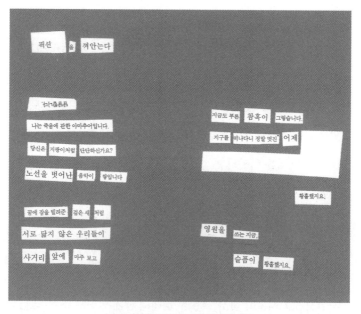

'사랑의 방' 언어 콜라주, 참여자 작품 사례

해 보는 시간을 갖기도 했습니다. 이어서 상담심리학자 한영주 선생님이 상담학의 관점에서 부모-자녀 관계에 대한 이야기들을 들려주었습니다.

마지막 '항연의 방'에서는 참여자들이 톨스토이의 『이반 일리치의 죽음』을 미리 읽고 온 후 철학자 노성숙 선생님과 함께 죽음의 문제에 대해 이야기 나누고 토론하는 시간을 가졌습니다. 철학자의 강연은 죽음에 대한 철학적 관점을 소개해 주고 이를 바탕으로 죽음에 대한 각자의 개인적 체험을 성찰해 볼 수 있도록 촉진하는 역할을 했습니다. 이 마지막 만남을 통해 참여자들은 죽음이라는 가장 극단적인 삶의 경험을 인간 실존의 보편적 사건으로 생각해 볼 수 있었습니다.

각 활동을 전체 프로그램 속에 배치할 때에는 활동의 성격을 고려해야 합니다. 첫 만남은 참여자들 간의 라포(rapport)가 제대로 형성되지 않은 상태에서 이루어지므로 참여자들이 활동에 대한 부담을 크게 느끼지 않게 해야 합니다. 나와 가족에 대한 간단한 시 쓰기로 시작하여, 시를 함께 나누는 시간을 가집니다. 시를 나누는 작업이 참여자들에게 자기 소개의 연장으로 느껴지도록 하면 좋습니다. 그 과정에서 서로에 대해 개방된 태도가 자연스럽게 생겨날 수 있습니다. 두 번째부터 네 번째까지의 만남의 경우에는 습관적 방식에서 벗어나 자신의 정서와 생각을 드러내는 새로운 표현 활동에 초점을 맞추었습니다. 흔히 무언가를 말하거나 쓰는 활동은 자발적이고 적극적인 것으로 여겨집니다. 그러나 표현 양식이 일상적이고 습관적일 경우 말하기나 쓰기는 기성의 통념들이나 주입된 학습 내용들을 무의식적으로 반복하는 일에 불과한 경우가 많습니다. 더 이상 적극적인 사유나 감각의 계기가 되지 못하는 것이지요. 우리는 사물들뿐만 아니라 자기 자신에 대해서도 고정 관념을 가지고 있습니다. 그리고 그런 고정 관념에 따라 판단하고 행동합니다. 이 때문에 자아의 성숙을 위해서는 새로운 접근이 필요하며 이를 가능하게 하는 인지적 자료들이나 감각적 자극들이 주어져야만 합니다. 여러 시인들이 쓴 시구와 시어들, 제시된 초성들로 만들어진 단어들, 타인이 고른 단어들을 사용해서 자신을 표현하는 작업은 필연적으로 자기의 관성적 표현 방식을 중지시킵니다. 그리고 전혀 다른 감각적 표현들 속에서 자신을 선명하게 인지하고 새롭게 구성하는 것을 가능하게 합니다.

방들마다 주어진 시 쓰기의 제한 조건들, 예를 들어 오은 시인이 제시한 초성들이나 콜라주를 위해 참여자가 선택한 시어들은 특별한 기능을 합니다. 참여자는 자신이 선호하는 단어들과 불편함을 느끼는 단어들을 자각하면서 자신의 습관적 언어활동에 대해 깊은 주의력을 발휘해서 되돌아보게 됩니다. 동시에 낯선 단어들을 활용하여 자신의 정서와 관념을 최대한 표현하려고 노력함으로써 창의적인 자기표현이 가능해지고 그에 따라 활동의 기쁨이 증대됩니다. 이처럼 제한 조건 속에서 창작 활동을 하는 두 번째에서 네 번째까지의 방은 창의적 활동을 촉진하는 것을 주요 목표로 삼습니다.

다섯 번째 만남인 '청춘의 방'의 경우, 강연을 통해 앞선 만남에서 실행해 보았던 창의적 자기 표현의 가능 조건들을 이론적으로 설명했습니다. 그 과정에서 참여자들은 창작 과정의 특징을 이해하고 자신이 경험하는 창작 활동의 의미를 음미할 수 있었습니다. 여섯 번째 '공간의 방'은 '우정의 방'과 마찬가지로 다른 참여자들과의 협업 활동으로 이루어져 있습니다. 그러나 '공간의 방'에서 이루어진 협업 과정에는 개인적 공간의 서사와 느낌을 다른 사람들에게 전달하는 자기 개방의 계기가 있습니다. 또한 개인의 서사가 협업에 참여하는 다른 이들에 의해 변형됨으로써 공동의 의미와 느낌을 탐색하는 집단적 창작물이 생겨납니다. 그 점에서 이 활동은 좀 더 심화된 형태의 협동 작업이라고 할 수 있습니다.

'유년의 방'과 '향연의 방'에서는 참여자들이 미리 읽어 온 작품에 대해 대화를 나누면서 그 작품의 의미를 탐색하는 활동을 합니다. 맥신 그린은 미적 교육 안에서는 작품의 표현성과 의미를 찾아가는 활동이 함께 이루어져야 한다고 하면서 작품의 의미에 대해 이렇게 말합니다.

가장 중요한 것은 예술의 의미는 그 발현에서 찾아야 한다는 것입니다. 말하자면 예술의 의미는 작품 안에 이미 파묻혀 있거나, 형태와 분리되어 주체 안에 내재되어 있지 않다는 것입니다. 우리가 그 어떤 정서적인 의미를 즐긴다 하더라도, 형태를 통해서 그리고 형태에 의해서 감상할 수 있습니다. … 여기에는 이미 정해진 어떠한 의미-

산출물도 없습니다. 다만 우리가 주의를 기울이겠다는 의지를 표명함으로써 실현될 수 있는 작품이 있을 따름입니다. — 『블루 기타 변주곡』, 78쪽

앞선 여섯 개의 방에서 창작 활동들을 통해 참여자들의 자발성이 활성화되었기 때문에 '유년의 방'과 '향연의 방'에서 동화와 소설 등의 문학 텍스트를 감상할 때에도 참여자들은 작품 안에 이미 들어있는 문학적 전문 정보를 학습해야 한다는 통념에서 벗어날 수 있었습니다. 참여자들은 예술 작품에 주의를 기울이고 의미를 형성하는 일에 몰입합니다.

〈나를 돌아보는 여덟 개의 방〉 프로그램을 마친 후 참여자들의 후기와 사후 설문에 대한 답변들은 의미 있는 시사점들을 주었습니다. 많은 참여자들이 프로그램에 참여하게 된 동기는 좋아하는 시인들을 만날 수 있다는 단순한 기대감에 있었지만, 회가 거듭되면서 다양한 문학적 표현을 통해 자기 자신을 드러내고 다른 사람들과의 상호작용 속에서 자기와 만나는 과정이 새롭고 특별한 경험이었다는 후기들을 남겼습니다. 참여자들은 프로그램이 시작되어 직접 시를 쓰는 활동을 해야 했을 때에는 창작에 대한 부담감과 자신의 작품에 대한 부끄러움 때문에 이런 활동이 있다는 것을 미리 알았더라면 참여를 망설였을지도 모른다고 고백했습니다. 그러나 실제로 만남들이 진행되자 생각했던 것보다 활동들이 어렵지 않아 즐겁게 임할 수 있었으

며, 프로그램이 종료된 후에는 시 쓰기 시간이 그동안 외면하거나 잊고 살았던 자기 삶의 중요한 문제들에 대해 찬찬히 들여다볼 수 있는 성찰의 계기를 마련해 주었다고 하였습니다. 또한 시를 매개로 낯선 사람들에게 자기 자신에 대해 털어놓고 그들의 이야기를 경청하면서 느낌과 생각을 공유하는 과정이 매우 편안하고 흥미로웠다는 후기들도 있었습니다. 이 이외에 소집단 모임을 통해 생각과 마음이 넓어졌다거나, 다른 참여자들과 함께한 시간이 그동안 몰랐던 나를 만나는 시간, 자신의 특별함과 평범함을 동시에 알게 해준 시간이었다는 답변도 있었습니다. 이러한 후기들을 통해 〈나를 돌아보는 여덟 개의 방〉이 예술 작품과 창작 활동에 친밀해지는 기회를 제공하는 동시에 예술 창작을 매개로 자기 인식과 성찰을 촉진하고 타인과의 공감과 소통의 역량을 기르는 데에도 기여했음을 확인할 수 있었습니다.

중독을 넘어서 공생(共生)의 삶으로

구스타프 야누흐는 『카프카와의 대화』에서 인간의 본성에 대해 프란츠 카프카와 나누었던 이야기를 이렇게 전합니다.

"대부분의 인간은 악하지 않아요"라고 카프카는 『인간은 선하다』라는 레온하르트 프랑크의 저서에 대한 대화에서 말했다. "인간은 자신의 말과 행동의 결과를 생각하지 않고 말하고 행동하기 때문에 타락하고 죄를 짓게 되죠. 인간은 몽유병자이지, 악한은 아니에요."

— 구스타프 야누흐, 『카프카와의 대화』, 225~226쪽

몽유병자는 잠에 중독된 채 움직이는 사람입니다. 잠결이어서 그는 외부의 소리와 색깔에 제대로 반응하지 못하지요. 그는 낮의 습관대로 반응하고 움직일 뿐입니다. 우리를 한없이 고통스럽게 했던 2014년 세월호 참사에서 언론은 선장이 술에 취한 것 같았다고 전했습니다. 어떤 사람들은 선장과 선원들을 악인이라고 비난하고, 또 어떤 이들은 죽음의 공포 앞에서 움츠리는 본능을 어떻게 비난할 수 있겠느냐며 두둔하기도 했습니다. 카프카가 프라하의 사무실에서 이 기사를 읽었다면 아마도 이렇게 독백했을 겁니다. '그들은 몽유병자와 같아. 악인은 아니야.' 17세기 네덜란드의 암스테르담에 살았던 철학자 스피노자 역시 카프카와 비슷한 견해를 가지고 있었습니다. 그는 악의 비밀은 중독에 있다고 생각했습니다(질 들뢰즈, 『스피노자의 철학』, 51쪽). 잠에 중독된 몽유병자처럼 선원들은 무언가에 중독된 사람처럼 움직였습니다. 그들이 창문을 두드리는 승객들의 외침과 선원들의 지시만 기다리는 아이들의 눈빛을 자신들의 본능 때문에 외면했다고 말하기는 어렵습니다. 닥쳐오는 죽음 앞에서 유니폼을 갈아입고 여유 있게 몇 차례나 회사로 전화하는 본능을 가진 동물은 없습니다. 만일 우리가 거기서 공포를 발견한다면 그것은 죽음에 대한 공포가 아니라 어떤 상황에서든 복종하는 습관에 중독된 자가

그 습관을 멈출 때 느끼는 공포일 것입니다.

이런 종류의 공포를 견디기 위해 사람들은 스스로 복종하는 주체가 되어 가고 또 자신의 아이들이 복종하는 주체로 교육되기를 열망하는 '자발적 복종'의 시대에 우리는 살고 있습니다. 한 사회 안에서 살아가는 사람들이 이처럼 유순한 주체로만 존재할 때 아무리 민주주의적 절차가 확립되어 있다고 해도 그것은 복종 절차의 합리성을 확보해 줄 뿐 주체적인 결정이나 활동을 보장할 수는 없겠지요. 존 듀이는 다음과 같이 말합니다.

플라톤은 노예를 정의하여, '자기 행위를 통제하는 목적을 다른 사람으로부터 받는 사람'이라고 말하였다. 이 노예라는 계급은 법률적 의미로서의 노예제도가 존재하지 않는 곳에도 존재한다. 사람들이 사회에 쓸모 있는 활동에 종사하면서도 그 봉사의 뜻을 이해하지 못하고, 그것에 대해 본인 자신이 아무런 흥미도 보이지 않는 곳에서는 항상 그러한 노예를 발견할 수 있다. - 존 듀이, 『민주주의와 교육』, 99쪽

우리 시대가 문학, 철학, 역사와 같은 인문학을 통해 치유의 힘을 발견하고자 하는 이유는 현대인의 마음속에 내재한 노예들이 인간적 성숙을 가로막고 병리적 증상을 일으키며 민주주의적 감성을 제거하고 있다는 판단에 있습니다. 예술 교육이 달성하려는 것을 인문학자

들은 인문학을 통해서 달성하려고 합니다. 자발성과 타인에 대한 공감능력을 지닌 성찰적이고 자유로운 주체, 모든 사람이 이런 주체로 살아가는 것을 인문학자들은 꿈꿉니다. 달리 표현해 민주주의적 주체라고 부를 수 있는 이 존재의 형성을 위해서 가장 필요한 것은 자발성의 회복입니다.

이미 주어진 법이나 관념에 대한 자발적인 복종은 사실 주어진 전제들을 수용하는 것 외에는 어떤 가능성도 없다고 믿는 무력감에서 비롯됩니다. 문학상담자와 예술가 교사가 수행하는 미적 교육은 자발적 활동의 기쁨을 통해서 무력감을 제거하는 것을 첫 번째 활동 목표로 삼습니다. 그리고 이 활동은 본질적으로 타자 지향적입니다. 미적 활동의 기쁨은 대상과 자기와의 관계에서 발생하는 것이 아니라 예술적 대상 주변에 모여든 이들 사이에서 아름다움이라는 공통감각을 찾아내는 데에서 발생하기 때문입니다. 이것은 직접 창작에 종사하는 예술가의 경우도 마찬가지입니다.

철학자 임마누엘 칸트는 『판단력비판』에서 무인도에 버려진 사람은 자신의 움막이나 자기 자신을 아름답게 꾸미지 않는다고 언급하면서 "미적인 것은 오직 사회에서만 관심거리이다"라고 말했습니다(임마누엘 칸트, 『판단력비판』, 323쪽). 미는 본질적으로 인간의 사교성(Geselligkeit)에 근거한다는 것이지요. 그러므로 미적 활동에서는 늘 자발성의 결과가 타인들과의 소통과 공감으로 이어집니다. 미적 교육을 수행하는 예술가 교사나 문학상담자의 손에는 악 — 혹은 악이라고 불리는 다양한 중독 현상들, 이른바 권위 중독, 자본 중독 —— 의 해독제가 들어 있습니다. 모든 중독에서 벗어나 공생의 삶으로 이행하기 위해서 우리는 모든 이들의 입술에 예술이라는 해독제를 흘려 넣어야 할지도 모릅니다. 맥신 그린이 말했듯이 우리는 '미적인 (aesthetic)' 것의 반대는 '마취상태(anesthetic)'라는 존 듀이의 관점을 끊임없이 되새겨야 합니다(『블루 기타 변주곡』, 9쪽).

【예시】〈나를 돌아보는 여덟 개의 방〉 다섯 번째 강연과 활동

진은영 시인의 강연 : 청춘, '섬세함'이라는 확대경

맞아 죽고 싶습니다
푸른 사과 더미에
깔려 죽고 싶습니다

붉은 사과들이 한두 개씩
떨어집니다
가을날의 중심으로

누군가 너무 일찍 나무를 흔들어놓은 것입니다
— 진은영, 「청춘2」

철학자 앙리 베르그손은 그의 저서 『물질과 기억』에서 인간의 기억을 '습관 기억(souvenir)'과 '순수 기억(mémoire)'으로 구분합니다. 습관적 기억은 우리가 다양한 문제들에 적절히 대응하기 위해 자동적인 운동 기제를 만들어 내는 기억입니다. 술에 취한 사람은 습관적으로 집을 찾아가지요. '왼쪽 골목길을 돌면 작은 꽃집이 나타나고 그 옆 골목으로 돌아 들어가면 바로 우리 집이지…' 이런 방식으로

동선을 의식적으로 기억해 내면서 집을 찾아가는 술꾼은 없습니다. 집을 찾아가는 행위는 기억에 따라 이루어지지만 의식적인 것은 아닙니다. 그저 반사적인 자동운동에 불과합니다. 사람이 이런 식으로 움직일 때 베르그손은 그를 '행동인(l'homme d'action)'이라고 부릅니다. 행동인은 순수하게 현재 속에 살면서 자극에 대해 직접적인 반응으로 응답한다는 점에서 충동인(un impulsif)이라고 부를 수도 있습니다. 행동인은 주어지는 상황에 따라 신속하게 거기에 관련된 기억들을 불러냅니다. 그 상황에서 그에게 무용하거나 무관한 기억들은 그의 의식에 전혀 떠오르지 않지요. 그런데 몽상가(un rêveur)의 기억은 이런 행동인 또는 충동인의 기억과는 다릅니다. 몽상가는 과거 속에 사는 즐거움을 누리는 사람입니다. 그는 과거의 조각들, 그 이미지들을 세세하게 하나하나 기억하느라 그의 기억은 자동적인 행동으로 이어지지 않지요. 베르그손은 "그에게 기억들은 현재상황에 대해 별 이득도 없이 의식의 빛으로 나온다"고 말합니다(앙리 베르그손, 『물질과 기억』, 261쪽). 우리의 삶은 이 두 극단의 기억들을 오가며 이루어집니다.

청춘은 우리가 몽상가로 사는 시절입니다. 청년은 삶에 대해 습관적인 태도를 갖거나 기계적인 반응을 하지 않습니다. 하긴 모든 것에 서툴고 모든 것이 처음이니까 그러고 싶어도 그럴 수가 없죠. 자기 집을 처음 찾아가는 사람처럼 자기 자신을 찾아가고 또 사랑을 찾아가고 열정을 송두리째 퍼부을 대상을 찾아 헤매고 기웃거립니다.

달면 뱉고

쓰면 삼킨다

가죽처럼 늘어나버린

청춘의 무모한 혓바닥이여

　— 이상희, 「잘 가라 내 청춘」

　이 시는 제가 스무 살 때 열심히 외우고 다니던 시입니다. 달면 삼키고 쓰면 뱉는 것이 자동 반응일 텐데 시인은 반대로 노래합니다. 내청춘, 참으로 의심도 많고 무모했노라! 나, 그때 달면 뱉고 쓰면 삼켰노라.

　우리의 청춘, 그때 우리는 모든 기계적 반응을 혐오했습니다. 우리의 청춘, 그때 우리는 모든 게 처음이어서 세상의 모든 일이 전부 어렵고 괴롭고 강렬했지요. 그때 우리의 어깨 위에 떨어지던 붉은 나뭇잎은 칼날처럼 선명했고 우리의 첫 입맞춤도 칼날처럼 날카롭게 느껴졌습니다. 모든 것이 다 그랬습니다. 만일 "맞아죽고 싶습니다/푸른 사과더미에/깔려죽고 싶습니다"라고 시작되는 시의 제목이 '청춘'이 아니었다면 이렇게 노래하는 사람은 자기파괴적인 성향의 소유자이거나 마조히스트라고 비난받을지도 모릅니다.

　그러나 이 노래가 청춘의 시인이 부르는 노래라면 이 노래는 부끄러움이 심한 젊은이의 고백이 됩니다. 그에겐 돈키호테처럼 풍차를 향해 돌진하는 용기가 없습니다. 그렇지만 어떤 모험이나 사건이 발생하기를 바라는 열망이 있습니다. 주변의 사람들과 사물들을 향해 돌진하고 직접 부딪치고 멍들고 산산이 부서지고 싶은 변형(transformation)과 변신(metamorphosis)의 욕망이 수줍음 속에 가려져 있는 것 같아요. 죽을 만큼 맞고 싶다는 시구 속에는 가장 세게 다른 존재와 부딪치고 그 부딪침에 제 자신을 내맡겨 보겠다는 욕망이 드러납니다. 아마 마음 깊은 곳에는 자기 맷집에 대한 확신이 있나봐요. 푸른 사과는 결국 천천히 익어서 가을날들의 한가운데로 붉게 떨어지겠지요. 그러나 우리의 청춘을 휘감던 어떤 조급한 열망들이 아직 익지 않은 열매가 달린 저 나무를 마구 흔들어 놓은 것입니다. 익지 않은 채로 떨어지는 열매들에 두들겨 맞으며, 실패로 가득한 자리에서 우리는 눈물을 철철 흘렸지요.

청춘, 나의 가장 시적인 계절

인생에 실패하면 재능의 도움을 받지 않고도 詩의 세계에 접근하게 된다.

'깊이 있는' 인간이 되는 것은 쉬운 일이다. 자신이 가지고 있는 심신의 결점들 속에 푹 잠기기만 하면 된다.

운명의 힘을 경험하는 데서 진정한 詩의 세계가 시작된다. 자유로운 것은 저질 시인들뿐이다.

루마니아 출신의 프랑스 작가 에밀 시오랑이 『독설의 팡세』에서 말한 아포리즘들입니다. 궤도를 따라 안전하게 가는 법을 몰랐던 시절이 청춘이라면 청춘이야말로 실패와 불행, 온갖 종류의 결점으로 가득한 시기라고 할 수 있습니다. 돌아보면 우리가 했던 엉뚱한 짓들은 모두 청춘이 시킨 일일지도 몰라요.

낯선 읍내를 찾아간다 청춘이 시키는 일이다
시외버스가 시키는 일이다

철물점의 싸리 빗자루가 사고 싶다 고무 호스도 사서
꼭 물벼락을 뿜어 주고픈 자가 있다
리어카 위 가득 쌓인 붉은 육고기들의 피가 흘러
옆집 화원의 장미꽃을 피운다 그렇게
서로를 만들고 짓는 것도 청춘이 시켰다
손목부터 어깨까지 시계를 찼던 그때
하늘에 일 년 내내 뜯어먹고도 남을 달력이 가득했던 그때
모든 게 푸성귀 색깔이었던 그때

구름을 뜯어먹으며 스물세 살이 가고

구름 아래 속만 매웠던 스물다섯 살도 가라고 청춘이 시켰다

기차가 시켰다 서른한 살도 청춘이 보내버리고

서른세 살도 보내버리니 다 청춘이 시킨 것이었다

어느덧 옷마다 모조리 불 꺼진 양품점 진열장 앞

마네킹들이 물끄러미 바깥의 감정들을 구경한다

다투고 다방 앞 계단에 쪼그려 앉은 감정,

기차를 끌고 지나가는 감정, 한쪽 눈과 발목을 잃은 감정,

공중전화 수화기로 목을 감는 감정,

그 전화 끊기며 내 청춘이 끝났다는 것도 청춘의 짓이다

아직도 얼른 나가보라고 지금도 청춘이 시킨다

지금이라도 줄을 풀라고

기차와 시외버스와 밤과 공중전화가 시킨다 여전히 청춘이 시킨다

   − 김경미, 「청춘이 시킨 일이다」

아무것도 가진 것 없이 가난하고 연기와 안개 속을 헤매는 이 어리석은 인생의 한때가 왜 시적(詩的)인 계절이라는 걸까요? '실패는 꽤나 여러 번 해보았습니다만, 청춘을 보내는 동안 시는 단 한 줄도 쓴 적이 없답니다.' 많은 사람들이 이렇게 말합니다. 또 '대부분의 사람들은 시적인 것과는 거리가 먼 청춘을 보내지. 시는 재능을 가진 사

람들이 쓰는 것 아닌가?' 이렇게 의문을 제기할지도 모릅니다.

그러나 쇠얀 키에르케고어의 정의에 따르면 "시인(詩人)이란 어떤 인간인가? 마음속에는 깊은 고뇌를 지니고 있으면서도, 입술이 그렇게 생겨서인지, 탄식과 비명이 입술을 빠져나올 때는 아름다운 음악으로 들리는 불행한 사람이다"(쇠얀 키에르케고어, 『이것이냐 저것이냐1』, 31쪽). 고통을 모르는 사람은 시를 쓰지 않습니다. 운명의 시련 속에서 자신의 숱한 결점에 깊이 침잠하려는 사람이 시인입니다. 그는 자신의 탄식과 비명을 아름다운 음악으로 변형하려는 욕구를 가진 사람입니다. 그래서 고통받고 상처 입은 사람은 시인이 됩니다. '단 하나의 오점도 없고 고약한 운명은 늘 나를 피해 갔다. 그러므로 나는 항상 자유로웠다'고 말하는 시인이 있다면 그는 제대로 된 시인이 아니라고 에밀 시오랑은 말합니다.

지금 이 공간에는 청춘의 한가운데 있는 사람도 있지만, 이제 겨우 벗어난 사람도 있고 아주 한참을 지나온 사람도 있습니다. 세월의 흐름과 함께 사물이나 사람들에게 너무 자주 부딪히지 않을 정도로 운신하는 요령이 우리에게 생기기도 합니다. 그러면 적당히 고통을 피해갈 수 있습니다. 새로운 일을 시작하는 대신 권태를 견디면 되는 것이죠. 그러나 권태를 견디는 것 역시 쉬운 일이 아닙니다. 그래서 여러분은 이 저녁, 고단한 몸으로 여기에 앉아 있습니다. 다른 사람들에 둘러싸여 시를 쓰고 새로운 이야기를 시작하기 위해서입니다. 문득 여러분의 말 많고 탈 많았던 청춘이 궁금해집니다. 어떤 젊은 날을 지나 오셨나요? 어떤 젊은 날을 지나고 있으신지요? 그리고 그 젊은 날, 어느 어귀에서 시작된 이상한 회오리가 당신을 지금 여기에 있게 했는지요? 우리에게 이야기해 주세요

활동 : 청춘, 이야기가 꽃처럼 만개하던 시절

☞ 강연이 끝난 뒤, 참여자들은 소집단을 이루어 김경미 시인의 시구를 활용한 자기의 청춘시를 썼습니다. 시를 쓰기 전에 참여자들에게는 아래의 형식으로 활동지가 배포되었습니다.

청춘이 시킨 일이다

....

....

....

....

....

....

2부
/
문학상담과
문학적 프락시스

문학의 치유적 힘

읽는다는 것은 어떤 행위일까요? 독일 시인 라이너 마리아 릴케는
「독서하는 사람」이라는 시에서 이렇게 말합니다.

그 누가 이 사람을 알리오,

현실적 존재에서 떠나,

빽빽한 책장을 마구 넘기는 것을 가끔 가로막는

또 다른 존재를 향해 얼굴을 숙이는 자를?

그의 어머니조차 알지 못하리라, 그가

그곳에 앉아 제 그림자로 흠뻑 젖은 것을

읽고 있음을, 그리고 시간 속에 사는 우리는

그가 책장에서 힘겹게 눈을 뗄 때까지

얼마나 많은 시간이 경과될지 어떻게 알까,

취하는 대신 주면서

완성된 것으로 가득 찬 세상과 부딪치는 두 눈으로

아래쪽 책에 깃들인 모든 것을 집어올리며 :

혼자서 놀다가 갑자기

바로 앞에 있는 것을 경험하는 조용한 아이처럼 ;

하지만 정연하던 그의 얼굴 표정은

영원히 뒤바뀌리라.

릴케의 시적 정의에 따르면, 독서란 "제 그림자로 흠뻑 젖은 것을 읽는" 것입니다. 흔히 우리가 문학을 통해 치유의 경험을 하게 되는 근거는 독서과정에 내재한 수용적 성격에 있습니다.

우리는 책을 읽으면서 "아래쪽 책에 깃들인 모든 것을 집어 올리"는데 그것은 자신의 고유한 경험과 기억의 그림자로 젖어 있는 것이라고 시인은 말합니다. 그런데 놀라운 것은 그 집어 올리는 행위가 정연하던 우리의 표정을 영원히 뒤바꿔 놓는 체험이라는 점입니다. 독서를 통해 문학 작품 속에서 무엇인가를 집어 올리기는 하지만, 그것은 작가나 작품의 본의라 불릴 만한 것을 영원히 비밀에 부치면서 독서하는 사람의 그림자라는 이상한 액체에 잔뜩 불은 페이지들로 펼쳐집니다. 그것은 심하게 오염된 것이지만 그 오염과 얼룩진 것이 읽는 사람의 내면을 변형시킨다고 할 수 있습니다.

이러한 문학적 체험의 근본적 성격에 기대어 미국에서는 19세기부터 정신질환을 치료하는 데 문학 작품을 활용하면서 비블리오테라피(Bibliotherapy)가 시작되었습니다. 한국에서는 '독서치료'로 불리지요. 이 분야의 선도적 연구자인 캐럴라인 슈러더스(Caroline F. Shrodes)에 따르면 독서치료는 "독자의 인성과 문학 작품 사이에 이루어지는 역동적인 상호과정이며, 인성을 측정하고 적응하며 성장하는 데 사용될 수 있는 심리학 분야"로 정의될 수 있습니다(니콜라스 마자, 『시 치료 이론과 실제』, 31쪽에서 재인용). 1960년대에 정신과 의사였던 잭 리디(Jack J. Leedy)가 『문학치료』(*Poetry Therapy*)라는 책을 출판하면서 비블리오테라피는 문학치료로서 널리 확산되었습니다.[1] 비블리오테라피는 문학치료의 주요 요소들 중에서도 수용적(receptive) 요소를 강조합니다. 이러한 수용적 접근 방식에서는 독서치료사나 정신과 전문의들이 정신질환을 앓고 있거나 다양한 심리적 고통을 겪고 있는 내담자들에게 도움이 되는 문학 작품을 선정하여 읽힙니다. 그리고 독서 과정에서 내담자가 작품에 표현된 인물이나 그 인물이 느끼는 감정과의 정서적 동일시를 경험하고 자신의 억제된 감정을 분출함으로써 카타르시스를 느끼도록 합니다. 예컨대 유년기에 상처나 소외의 경험이 있는 사람들에게는 기형도의 「엄마 걱정」과 같은 시를 읽힘으로써 유년의 기억을 환기시키고 자기의 정서를 인식하게 하며, 심리적 방어기제를 풀고 자기에 대해 이야기하게 합니다.[2] 내담자는 이러한 이야기 속에서 자기 서사를 재구성하고 자아를 성찰할 수 있게 됩니다.

문학치료는 비블리오테라피의 중심 활동인 읽고 이야기하는 과정만이 치유의 효과를 갖는 것이 아니라 직접 쓰고(시치료, 저널치료) 더 나아가 쓴 것을 연기하는 과정(드라마치료) 역시 "정연하던 그의 얼굴 표정"을 변형시키는 결과를 가져온다는 점에 주목합니다. 이미 쓰여 있는 글에 대해 공감하고 그로부터 자극받는 과정을 넘어 직접 쓰는 활동을 수행함으로써 문학적 치유의 과정은 다른 국면으로의 비약을 이룰 수 있다는 것입니다. 고통받는 사람들이 글쓰기를 통해 다른 존재로 변형되는 것을 문학치료에서는 생산적/표현적 방식이라고 부릅니다. 그러므로 문학치료(Biblio/Poetry Therapy)는 다음의 두 가지 활동방식을 통합합니다. 그 하나는 독서를 통한 수용적 활동(bibliotherapy)이고, 다른 하나는 창작을 통한 표현적 활동(poetry therapy)이라고 할 수 있습니다.[3]

비블리오테라피로부터 시작된 문학적 치유의 활동은 문학치료로의 확장을 거쳐 최근에는 문학상담(Literary Counseling)으로 발전하고 있습니다. 문학상담은 문학을 활용해 부적응의 상황에 놓여 있거나 심리적 장애 요인을 지닌 병리적 대상을 치료한다는 목적에만 머물지 않습니다. 문학의 치유적 힘이 사람들의 자아형성적 과정에 개입하여 더 긍정적이고 성숙한 자아로 이끄는 데 발휘된다면, 문학치료는 개별적 증상의 치료에 그치지 않고 인간의 통합적 성장을 지향하는 본연의 임무를 더 충실하게 완수할 수 있게 됩니다. 바로 이 점에서 문학치료를 문학상담으로 발전시키려는 흐름이 있습니다.[4] 자신이 수행하는 작업이나 연구를 '문학치료'라는 명칭으로 표현하는 연구자들조차도 이미 단순한 증상의 치료가 아니라 자아의 통합적 성장을 목표로 하는 경향이 있습니다.[5]

문학 프라시스로서의 문학상담

문학상담의 표현적 작업에서는 고통을 겪는 사람들이 일기나 편지, 시나 에세이 등의 문학적 형식으로 고백적 글쓰기를 시도하고 이를 통해 정서적으로 억압된 것들을 다양하게 발산하는 활동들이 이루어집니다. 말하기 어렵거나 비밀스러운 사적인 고통들을 표현하는 활동이기 때문에 형식적 완성도를 추구할 필요가 없으며 다른 이들에게 읽힐 필요도 없습니다. 오히려 저자 자신이 자기 작품의 유일한 독자이거나 저자를 지지해 주고 정서적 문제와 직면하는 것을 촉진해 주는 상담자가 자기 외의 유일한 독자일 때에만 완전한 치유의 효력이 발생한다고 가정됩니다. 이 점에서 제임스 페니베이커는 글쓰기 치료에서 비밀 유지의 중요성을 강조합니다. 그는 정서적인 글쓰기(emotional writing)의 부정적 영향이 발견된 유일한 실험은 실험자가 심리적 외상을 입은 환자들에게 자신들의 트라우마에 대해 쓰게

한 뒤 그것을 함께 집단상담에 참여한 다른 환자들에게 읽어 주게 한 경우였음을 지적합니다. 그런 공개적인 글 읽기를 통해 환자들이 더 우울해졌다는 것입니다. 그는 감정을 표현하는 글쓰기의 목적은 자기 자신에게 솔직해지고 자신의 마음을 활짝 열게 하는 데 있으므로 그 글의 청중은 글쓴이 자신뿐이라는 점을 거듭 강조합니다(제임스 W. 페니베이커, 『글쓰기치료』, 36~37쪽).

그러나 우리 실존의 복합성을 떠올려 본다면 제한적이고 고백적인 글쓰기가 우리의 다층적 트라우마나 고통의 문제를 순전히 사적인 영역 안에 가두는 측면이 있음을 알 수 있습니다. 물론 표현의 첫 단계에서는 비밀이 보장되는 안전한 글쓰기를 통해 자신의 트라우마와 직면하고 감정을 충분히 분출(flooding)시키는 것이 매우 중요합니다. 그러나 그것이 분출로만 그칠 경우 문학상담의 중요한 목표인 성찰능력과 행위능력의 향상은 담보하기 힘들지요. 질 들뢰즈가 카프카의 소설들을 다루면서 언급했듯이,[6] 가족 문제는 단지 가족 문제로만 그치지 않고 언제나 지역적인 문제나 민족적인 문제, 자본주의의 문제 등등 여러 층위의 문제들이 겹쳐진 것으로서 중층적인 이해와 해법을 요구합니다. 마찬가지로 글쓰기를 통하여 개인적 문제가 더 이상 개인만의 문제가 아님을 자각하고 그것을 공동의 문제로 제안하면서 세계를 향해 발화하는 것, 그리고 그것에 대한 반응을 감지하면서 상호소통하고 그 결과를 공공화하는 등의 다양한 작업이 수반되어야 합니다.

문학상담 장면에서 이 작업은 크게 피드백(feedback)과 셰어링 (sharing)[7]이라는 두 가지 기술을 통해서 이루어집니다. 상담자는 함께 모인 여러 명의 내담자들에게 일정한 주제로 각자 자신의 이야기를 15~20분가량 쓰게 합니다. 그리고 각자의 글을 다른 내담자들과 함께 읽어 보게 하지요. 내담자는 자신의 글을 읽음으로써 자기를 다른 사람들에게 드러냅니다. 글을 읽은 후에 다른 내담자들이 '나는 당신이 ~한 것처럼 느껴져요'라는 식으로 그 글에 대한 느낌을 표현하고 그 느낌을 공유함으로써 글쓴이는 자신에 대해 어떤 느낌을 갖게 됩니다. 이것이 피드백의 과정입니다. 셰어링 단계에서는 다른 내담자들의 견해가 보다 적극적으로 피력됩니다. 가령 그들은 그 글을 읽으면서 떠오른 자신의 삶의 경험에 대한 이러저러한 기억들에 대해 이야기합니다. 이 과정에서 글쓴이는 자신의 이야기가 상대방에게 어떤 영향을 미치고 어떻게 이해되는지를 알게 되고 자신을 객관화할 수 있게 됩니다(변학수, 『통합적 문학치료』, 67~68쪽).

그러나 이런 발화는 개인에게 고통스럽고 위험할 수 있기에 발화 방식이 반드시 직접적이어야 하는 것은 아닙니다. 이 때문에 문학적 치유활동의 과정에서 자기 발화는 문학적 글쓰기의 방식으로 수행되는 것이 효과적입니다. 내담자는 은유와 상징, 알레고리와 같은 여러 가지 문학적 표현 형식을 통해서 타자, 사회, 세계를 향해 자신의 문제를 드러내는 다양한 유희의 방식을 익히게 됩니다. 표현 형식은 고통과의 미학적 거리를 만들어 내면서 글 쓰는 이를 안전하게 세상에 드러나게 합니다. 이런 문학적 누설 혹은 드러남(revelation)의 방식은 다양하며, 여러 가지 문학적 형식의 글쓰기 속에서 내담자는 스스로를 새롭게 존재할 수 있도록 도와주는 표현의 방법들을 배우기 시작합니다.

우리는 이러한 표현과 배움의 과정을 일종의 문학적 프락시스 (praxis)라고 명명할 수 있습니다. 문학적 프락시스는 포이에시스 (poiesis)로서의 문학과 구별됩니다. 1부에서 한나 아렌트의 논의를 소개하면서 설명했듯이 고대 그리스에서 프락시스와 포이에시스는 서로 다른 특성을 지닌 인간 활동을 표현하는 용어들이었습니다.[8] 포이에시스는 의자나 공예품처럼 세계 안에서 지속적으로 존재하는 사물들을 생산하는 활동으로서 제작활동 자체는 일종의 수단에 불과하고 결과물이 활동의 목적이 됩니다. 이와 달리 프락시스는 결과물로 평가되는 것이 아니라 과정 자체가 목적이 되는 활동입니다. 프락시스에서는 프락시스의 결과물이 아니라 행위하는 자의 드러남 자체가 중요합니다. 문학상담에서 이루어지는 자기 표현과 자기 변화는 바로 이러한 프락시스의 지평에 놓여 있다고 할 수 있습니다.

그러나 아렌트는 문학을 비롯한 모든 예술 활동들을 프락시스로 보지 않습니다. 시나 소설과 같이 창작의 과정을 거쳐 그 생산물을 작품으로 남기는 창조예술(creative arts of making)은 전적으로 제작의 영역에 속한다고 봅니다. 그녀는 영어로 시를 짓는다는 의미의 관용구인 'making a poem'과 시작(詩作)하다라는 의미의 독일어

'dichten'의 라틴어 어원을 살펴보면서 "시를 만드는 시인의 활동은 똑같이 '만듦'[제작-인용자]으로 이해할 수 있다"고 강조합니다(한나 아렌트, 『인간의 조건』, 230쪽, 원주40). 이러한 관점에 따르면 문학과 달리 춤, 연극, 음악가들의 연주처럼 수행되기 위해 타인의 현존이 반드시 필요한 공연예술만이 행위에 가깝다고 할 수 있습니다. 예술가가 자신을 드러내는 활동 자체로부터 분리된 생산물이 남아 있을 수 없기 때문입니다. 행위자의 정체성이 사물화될 수 없다는 것, 아렌트는 이것을 "연극이 탁월한 정치적 예술인 이유"라고 보았습니다(『인간의 조건』, 249쪽).

문학을 프락시스의 영역으로부터 추방하려는 아렌트의 입장에 동의하는 사람도 있고 그렇지 않은 사람도 있을 것입니다. 분명한 것은 아렌트의 이런 예술관에는 사실상 많은 이들이 종종 쉽게 동의하는 문학에 대한 모종의 태도가 들어 있습니다. 피에르 부르디외는 이런 태도를 '천사주의(angélism)'라고 규정합니다. "순수한 형태에 대한 순수한 관심"을 의미하는 천사주의는 문학적 활동의 결과물에서 공적 세계나 사회의 요구와 무관한 표현적 충동 자체의 순수한 형태가 얼마나 위대하게 구현되어 있는지에 강조점을 둡니다.[9] 이때 중요한 것은 오직 작품에 구현된 순수 형태의 탁월성입니다. 문학의 천사주의자들은 탁월한 문학은 제작의 영역에 머물러 있어야만 하고 공적 활동의 영역으로 나아가는 순간 타락의 운명에 빠진다고 생각합니다. 아렌트는 인간 존재가 문학과 같은 포이에시스적 영역을 넘어서 공적 활동을 가능하게 하는 프락시스적 영역으로 나아갈 필요가 있다고 주장하기는 했지만, 문학을 천사주의적 입장과 비슷한 관점에서 보고 있다고 할 수 있습니다. 양자 모두 문학이 본질적으로 포이에시스적인 것이며 프락시스와는 구분되는 활동이라고 보기 때문입니다. 여기에는 '포이에시스적 문학 대(對) 프락시스적 정치'라는 이분법이 전제되어 있지요. 이와 달리 문학상담은 문학이 포이에시스적 활동이 아니라 프락시스적 활동일 수 있음을 보여 줍니다. 문학상담을 통해 우리는 타인과의 관계 속에서 자신을 표현하는 활동이 문학의 근본적 계기라는 것을 알게 됩니다. 문학적 활동을 활동의 결과가 아닌 활동 과정 속에서 의미화하는 프락시스적 지평이 문학 자체에 내재하는 것입니다.[10]

문학상담에서의 읽기와 함께-읽기

◇ 통명스럽고 인정머리 없는 내담자

마르셀 프루스트의 소설 『잃어버린 시간을 찾아서』에서 주인공 마르셀은 이탈리아 화가 조토의 프레스코화를 보면서 '자애'를 의인화한 여인의 표정에는 우리가 흔히 상상하는 자애가 없다고 말합니다. 거기에는 너그럽고 연민에 가득 찬 표정과 세계를 감싸 안을 듯한 부드러운 포옹의 손짓 대신 다른 것이 그려져 있다는 것입니다. 그림 속의 "주부는 지상의 재보(財寶)를 발로 짓밟고 있었는데, 그것도 즙을 짜 내려고 포도를 짓밟는 것처럼 단호하게" 서 있는 모습입니다. 그 여인은 마르셀 집의 가정부가 그녀에게 병따개를 달라고 부탁하는 사람에게 지하실 환기창 너머로 그것을 건네주듯이 "자기의 불타는 심장을 신에게 내밀고" 있습니다(마르셀 프루스트, 『잃어버린 시간을 찾아서 : 스완네 집 쪽으로1』, 117쪽). 마르셀은 조토의 이 그림은 어떤 관상학적인 현실성과 진정성을 명백히 표현하고 있다고 설명합니다. 그는 후일 가장 자비로운 사람들을 만날 기회를 갖게 되는데, 그들은 우리의 상상과 다른 모습을 하고 있었다는 것이지요.

> 보통, 분주다사한 외과의사처럼 쾌활하고, 적극적이고 무관심하고, 퉁명스러운 외모를 하고 있으며, 남의 고뇌를 눈앞에 보고서도 아무런 동정도 감정도 나타내지 않는, 또 그 고뇌와 맞부딪치는 것을 조금도 두려워하지 않는 인정머리 없는 얼굴, 그러나 그것과 상반되는 참된 자비심을 지닌 숭고한 얼굴을 하고 있었다. ─ 『잃어버린 시간을 찾아서 : 스완네 집 쪽으로1』, 119쪽

이 이야기는 상담자와 내담자의 관계에 대한 일반적 관념에서 다소 벗어나 있는 듯 보입니다. 흔히 우리는 상담자가 내담자에게 보내는 공감, 긍정적이고 무조건적인 관심과 지지에 대해 이야기하면서 그와 같은 경험들이 주는 자애로운 위안의 중요성을 강조합니다. 그러나 마르셀의 설명에 따르자면 자애에서 중요한 것은 연민에서 오

조토 디 본도네, 「자애」(Karitas), 1306
이탈리아의 파도바 소재 스크로베니 예배당의 프레스코 벽화

는 공감이나 상대에 대한 부드러운 정서적 포옹이 아니라 외과의사처럼 민첩하게 환부를 드러내고 아무런 동요 없이 그것을 처치하는 활동입니다. 그렇다면 이 이야기는 상담자가 의사처럼 객관적으로 증상을 진단하여 그 증상을 해소시켜 줄 처방전을 발행하거나 치료해야 한다는 오래된 상담이론의 문학적 버전일까요? 그래서 이 관점을 받아들이는 순간 칼 로저스처럼 내담자를 치료 대상으로서의 환자로 간주하는 구습을 벗어나 인간중심적이고 관계중심적인 상담학의 지평을 탐색하려는 이들의 시도는 수포로 돌아가는 것일까요?

그러나 어빈 얄롬도 언급한 적 있듯이 내담자가 '성장'하기 위해서는 "고뇌와 맞부딪치는 것을 조금도 두려워하지 않는 인정머리 없는 얼굴"을 한 존재가 상담 과정 속에 등장해야만 합니다. 상담자에게 지지를 받고 있다는 느낌은 내담자의 실존적 고립감을 완화시키는 데 큰 도움을 주지요. 그러나 얄롬이 말하듯이 상담과정에서 가장 중요한 순간은 "치료자가 더 이상 나에게 아무것도 제공하지 못한다. 나의 삶에서와 마찬가지로 치료에서도, 나 혼자서 해결하고 혼자서 살아야 하는 도망칠 수 없는 밑바닥이 있다"고 내담자가 인식하는 순간입니다(루스엘런 조셀슨, 『심리치료와 인간의 조건』, 99~100쪽). 우리는 다른 사람들과 소중한 관계를 맺으며 살아가며 어떤 관계를 맺느냐에 따라 삶이 달라지기도 합니다. 그러나 우리가 혼자서 감당해야 할 것이 있다는 점은 결코 피할 수 없는 삶의 보편적 진실입니다. 쉼보르스카는 「제목이 없을 수도」라는 시에서 생명을 가진 모든 존재들이 그러하다고 노래합니다. "내 위로 하얀 나비가 오직 자신만의 것인 날개를 파닥거리며, / 내 손에 그림자를 남긴 채 포드닥 날아간다. / 다른 무엇도 아니고, 그 누구의 것도 아닌, 오직 자신만의 것인 / 그림자를 남긴 채."(쉼보르스카, 『끝과 시작』 322쪽) 그런 점에서 실존의 고독이라는 진실을 아무런 위무나 정서적 화장술 없이 드러내 주는 냉철한 순간이 내담자의 성장을 가져오는 데 반드시 필요합니다.

◇ 텍스트–내담자 읽기

그런데 문학상담에서 무관심하고 냉정한 외과의사로 등장하는 것은 상담자가 아닙니다. 상담자와 내담자가 함께 읽는 문학 텍스트가 외과의사의 역할을 맡는다고 할 수 있습니다. 상담 장면에서 문학 텍스트는 내담자A에게 낯설고 복잡하며 단번에 이해하기 힘든 진실에 관해 이야기하는 또 다른 내담자B처럼 등장합니다. 이 '텍스트–내담자'는 가족관계나 직장생활에서 곤란을 겪고 있는 A의 상황과 직접적인 관련이 없는 것처럼 보일 수 있습니다. 또 A에게 직접적인 지지나 공감을 보내지도 않습니다. 그러나 이 이상한 동료 내담자는 인간의 조건과 세계의 진상에 대한 여러 가지 진실들을 무심하고 정직하게 들려줍니다. 내담자A는 상담자와 함께 이 텍스트–내담자의 이야기를 읽고/듣고 그에 대해 공감하거나 비판하는 의견을 내고, 또 그 텍스트–내담자의 생각과 상황을 자기 문제와 연결시킴으로써 자기 성찰의 과정을 체험합니다. 이 때문에 텍스트에 대한 문학적–성찰적 대화의 과정이 문학상담에 필요한 것입니다.

　내담자가 보편적 인간 한계로서의 실존적 조건을 인식하는 불안한 순간에 상담자 역시 내담자 곁에서 같은 조건을 공유하는 동료 인간으로서 함께하면서 둘 다 '텍스트-내담자'의 이야기를 듣고/읽고 그 이야기에 대해 서로 솔직하고 편안한 나눔과 피드백을 진행할 수 있습니다. 문학상담자가 상담 과정에서 인문학적 텍스트에 대해 언급하는 것은 내담자가 지닌 문제에 대한 해결책이 어디에 있는지를 알려 주기 위한 것이 아니라, 텍스트-내담자의 상황이 잘 드러나게 함으로써 현실의 내담자가 보편적 인간 조건에 대한 이해를 갖도록 하고 그를 통해 자기에 대한 성찰에 이를 수 있게 하기 위한 것입니다. 이런 측면에서 텍스트-내담자는 두 가지 장점을 갖습니다. 첫째, 그의 이야기는 현실의 상담자와 내담자가 공유하는 인간 조건의 보편성을 기반으로 하는 동시에 사회적·문화적 환경에서 비롯된 우리의 인식적 한계와 관성적 사고 습관을 깨는 이질성과 통찰력 있는 아이디어들을 제공합니다. 둘째, 텍스트-내담자와의 상호작용은 안전감을 제공합니다. 그는 우리의 배려 없고 노골적인 의사표현에도 전혀 상처받지 않지요. 현실의 내담자는 텍스트-내담자가 전하는 사태에 대해 자신의 의견을 아무런 인간적 부담 없이 자유롭게 표현할 수 있습니다. 오히려 현실의 내담자에게 부담이 되는 것은 텍스트가 권위를 갖는다고 전제할 때입니다. 텍스트가 단 하나의 정전적(正典的) 해석을 가지고 있고 내담자는 그 정답만을 말해야 한다는 생각은 텍스트-내담자를 둘러싸고 일어날 수 있는 원활한 나눔과 피드백을 방해합니다. 상담자는 내담자가 텍스트를 자신과 비슷하게 고유한 문제를 안고 있고 이를 해결하기 위해 방문한 또 한 사람의 내담자로 동등하게 느끼면서 관계를 맺을 수 있도록 만들어야 합니다. 텍스트-내담자는 우리가 인간 조건과 직면하는 데 도움을 주는 존재이지 어떤 확정된 진리를 담지하고 있는 존재가 아닙니다. 이것은 문학 상담에 도입될 텍스트를 '텍스트-이상적 상담자'가 아니라 '텍스트-내담자'라는 용어로 부를 것을 제안하는 이유이기도 합니다.

내담자가 상담 과정에서 인간의 조건과 세계에 대한 냉정한 이해를 갖고 그로부터 자기 존재에 대한 사유와 성찰을 심화시키는 단계가 없다면, 내담자의 당면 문제들이 근본적으로 해결되지 않습니다. 단순한 정서적 지지와 자기 긍정을 통해서 봉합된 심리적 문제들은 너무 쉽게 되풀이되기도 하지요. 텍스트 읽기는 상담 장면에 성찰의 계기들을 풍부하게 제공합니다.

얄롬과 같은 실존주의 심리상담가는 상담의 과정에서 문학적 산문을 활용한 사례를 우리에게 소개합니다. 광고회사의 전문 경영인이었던 한 내담자는 얄롬에게 자신이 의미 없는 직업으로 일생을 허비하고 있다고 고백합니다. 그는 "롤스로이스 세단을 갈리아노 이브닝 가운을 입는 여성들에게 파는 것과 같은" 자신의 직업에 혐오감을 가지고 있지만, 높은 수입과 부양해야 할 가족들 때문에 그에게는 다른 선택의 여지가 없습니다. 얄롬은 그에게 마르쿠스 아우렐리우스

의 『명상록』을 읽어 볼 것을 제안합니다. 아우렐리우스와 이 내담자
사이에 공통점이 있다고 생각했기 때문입니다.

마르쿠스 아우렐리우스 그 역시, 자신이 선택하지 않은 직업에 종사
하도록 강요당했다. 그는 철학자가 되는 것을 선호했을지도 모른다.
그러나 그는 로마 황제의 아들로 입양되었고, 궁극적으로는 아버지
의 뒤를 이을 수밖에 없었다. 그래서 사색과 연구라는 일생 대신, 로
마 제국의 변방을 지키기 위해 싸우는 황제로 일생을 보내야 했다.
그러나 자신의 마음의 평정을 유지하기 위해서 아우렐리우스는 그
의 철학적 명상을 그리스 노예에게 그리스 말로 받아쓰게 했다.
– 어빈 D. 얄롬, 『삶과 죽음 사이에 서서』, 227~228쪽

얄롬은 자기 혐오에 대해서 토로하는 내담자와는 카프카의 『변
신』에 대해서 함께 이야기를 나누기도 합니다(『심리치료와 인간의 조
건』, 69쪽). 그는 내담자가 이 텍스트-내담자가 들려주는 이야기에 대
한 공감과 통찰력 있는 아이디어 속에서 변화의 길을 찾을 수 있으리
라 믿습니다. 자신이 집필한 여러 권의 심리치료 저술에서도 얄롬은
톨스토이와 카뮈의 실존주의적 소설들뿐만 사르트르, 우나무노, 키
에르케고어, 니체, 시몬느 드 보부아르와 같은 철학자들의 문학적 산
문을 모델로 함으로써 철학적 관심과 심리치료적 관심을 통합한 글
쓰기 방식을 전개합니다(『심리치료와 인간의 조건』, 121쪽). 이런 방식

은 상담자와 내담자 모두에게 성찰성을 강화하는 것이 얼마나 중요한지를 보여 주려는 것입니다. 문학상담은 얄롬의 문제의식을 수용하여 보다 적극적으로 문학 텍스트에 담긴 인문학적 지혜를 활용하는 과정을 상담에 도입합니다. 인문학적 통찰이 담긴 텍스트를 '함께 읽어 가는' 이 특별한 읽기를 강조하는 것은 여타 상담과는 다른 문학상담의 특징 중 하나입니다.

◇ 함께 읽기의 중요성에 대하여

영국의 사상가 존 러스킨은 독서의 중요성을 강조하는 강연을 자주 했습니다. 러스킨은 맨체스터 근처의 한 회관에 도서관을 설립하는 일을 지원하기 위해서 강연을 하고, 이 강연 원고에 「왕들의 보물」이라는 제목을 붙였습니다. 그는 독서가 주변에서 쉽게 만날 수 없는 가장 지혜롭고 훌륭한 사람들과 나누는 대화라고 말했습니다. 우리가 장관의 접견실에서 그와 10분간 대담할 기회를 얻거나 여왕의 눈길을 사로잡는 행운은 우리 인생에 한두 번 오기도 어렵지요. 그런데 신분에 상관없이 우리가 원하는 존재와 원하는 대화를 길게 나눌 수 있는 사회가 있으니, 그것은 바로 '책'이라고 러스킨은 말합니다. 책 속에서 모든 위대한 왕들은 우리에게 접견을 허락하는 것이 아니라 우리와의 회담이 이루어지길 기대하며 우리를 종일 기다립니다.

　독서가 좋은 대화라고 보는 것은 러스킨만이 아닙니다. 철학자 르네 데카르트도 "무엇이든 훌륭한 책들을 읽는 것은, 그 저자였던 교양 있는 과거의 위인들과 나누는 대화와도 같다"고 말합니다(마르셀 프루스트, 『독서에 관하여』, 28쪽). 그런데 프루스트는 러스킨의 책을 프랑스어로 번역한 후 역자서문에서 다른 견해를 주장합니다. 독서가 우리의 영적 삶에 큰 역할을 하는 건 러스킨이 말한 이유 때문이 아니라는 것이지요. 다시 말해 책들을 통해 위대한 지혜들이 우리에게 전수되기 때문에 우리의 성찰성이 강화되는 게 아니라는 겁니다.

프루스트 역시 저자는 진리의 지혜로운 소유자라고 생각합니다. 유년시절 그는 독서를 마치고 나면 그 책의 저자가 빨리 진리에 도달하는 방법을 알려 줄 것이라 기대했습니다. 셰익스피어나 소포클레스, 에우리피데스와 같은 유명 작가들에 대해 자신이 어떤 생각을 가져야 하는지 말해 주기를 원했습니다. 또는 "진리에 더욱 가까이 도달하기 위해서는 초등학교 6학년 과정을 유급해야 하는지 말아야 하는지, 외교관이 되어야 하는지, 아니면 변호사가 되어야 하는지 그가 답해 주길" 기다렸습니다(『독서에 관하여』, 32쪽).

그렇지만 이것은 책이 답할 수 없는 문제들입니다. 위대한 책들은 우리가 답을 요구하는 물음에 답을 하는 대신 우리에게 스스로 질문할 욕구를 불어넣습니다. "독서는 정신적인 삶의 도입부에 있다. 독서는 그러한 삶에 안내할 수는 있지만 그것을 구성하지는 않는다."(『독서에 관하여』, 35쪽) 문학상담에서 인문학적 지혜를 활용한다는 것도 같은 의미입니다. 읽기 활동은 지혜를 가르쳐 주고 개인적 질문들에 대한 해답을 제시하는 대신 자신과 자신의 상황에 대한 사유를 시작할 수 있도록 촉진하는 데 목적이 있습니다. 책 속에서 다른 사람들이 미리 따놓은 꿀을 맛보려고 독서를 하는 것은 아닙니다.

독서가 그것 없이는 들어가지 못했을 마법의 열쇠로서 우리 내부에 위치한 장소들의 문을 열어 주는 존재로 남아 있는 한 독서는 우리의 삶에 유익하다. 반대로 독서가 정신의 개인적인 삶에 눈을 뜨게 하는 대신에 그것을 대체하려 할 때 위험해진다. 그럴 때면 진리는 우리 이성의 은밀한 발전과 감성의 노력에 의해서만 실현 가능한 이상으로 나타나는 것이 아니고 몸과 마음이 쉬고 있는 상태에서 수동적으로, 다른 사람들에 의해 이미 준비된 꿀을 음미하는 것과도 같이 서재 선반들에 꽂힌 책들에 손을 뻗어 닿기만 하면 되는 물질적인 것이며, 위험한 존재가 된다. ─『독서에 관하여』, 38쪽

함께 읽는 것은 독서의 이러한 위험으로부터 우리를 지켜 줍니다. 문학상담의 장면에서 텍스트의 내용은 다른 참여자들과 동등한 한 사람의 의견으로 다루어집니다. 여기에 책에 대한 우상숭배는 없습니다. 함께 읽은 내용에 대해 각자의 의견들을 주고받으면서 책 속에 유일하고 확실한 진리가 들어 있을 것이라는 기대와 오해는 사라집니다. 함께 읽기의 경험을 하면서 우리는 책 속의 내용이 우리 정신의 공원에 움직이지 않고 우뚝 서 있는 진리의 동상과 같다는 생각을 멈추게 됩니다.

문학상담과 메타모르포시스

◇ 주체화 과정으로서의 문학적 쓰기

문학상담이 내담자의 성찰과 성숙을 위해 '읽기'와 더불어 가장 크게 활용하는 것이 바로 '쓰기'입니다. 문학상담은 인간 존재에 대한 본질주의적 접근을 거부합니다. 개인의 자아가 이러저러한 내용의 본질을 미리 가지고 있다고 보지 않는다는 의미입니다. 상담은 종종 '참 자기(Real Self)'를 발견하기 위한 과정으로 규정되기도 합니다. 그러나 상담이나 문학상담에서 언급되는 참 자기는 단순한 발견 모델을 전제로 하는 것이 아닙니다. 즉 마음속에 참된 자기가 이미 존재하고 있고 상담을 통해 그것을 발견하기만 하면 되는 것이 아니라는 뜻입니다. 인간은 하나의 미결정적인 잠재성으로 있다가 여러 계기와 새로운 활동을 통해 그 잠재성을 실현하는 존재입니다. 우리는 참 자기를 완성된 채로 있는 어떤 것으로 발견한다기보다는 구성하고 발명한다고 할 수 있습니다.

우리는 참 자기를 잠재성의 실현, 발명된 자기, 또는 과정 속에서 주체화되는 존재 등 여러 가지 방식으로 표현할 수 있습니다. 그런데 어떻게 표현하든 문학상담에서 자기를 실현하는 데 기여하는 가장 중요한 활동은 쓰기입니다. 무엇인가를 씀으로써 자기를 표현한다고 했을 때, 이 자기는 미리 결정된 형식으로 존재한다기보다는 표현이라는 수행적(performative) 작업을 통해 비로소 드러납니다. 일상적 자아의 일의적 재현을 넘어선 새로운 표현 방식들을 통해서 새로운 자기가 나타난다고 할 수 있습니다. 문학상담은 쓰기라는 표현작업을 통해 자기를 성찰적이고 풍요로운 존재로 만들어 가는 주체화 과정을 수행하는 활동입니다. 물론 이러한 자기 표현이 쓰기를 통해서만 가능한 것은 아닙니다. 우리는 말하고 춤추고 그림을 그리면서도 자기를 표현할 수 있습니다. 그런데 쓰기는 그 어떤 활동방식보다도 우리에게 자유를 제공하는 측면이 있습니다.

프랑스의 철학자 미셸 세르는 구어 전통과 문자 전통을 비교하면서 문자 세계 속에서 살아가는 인간 존재의 특징에 대해 설명합니다. 우리는 문자 전통이 구어 전통을 대체하면서 인간의 기억력이 약화되었다고 생각하지요. 그러나 세르는 기억력의 약화를 걱정하는 우리에게 새로운 시각을 제공합니다.

인쇄기 발명 이전에는 호메로스나 플루타르코스를 알고 싶은 교양인은 그들의 텍스트들을 외워야만 했다. 인쇄기는 이런 필요성을 없애 버렸고, 따라서 기억력의 짐을 덜어 주었다.

이런 사정을 고려할 때 몽테뉴의 표현은 의미심장하다. "아주 꽉 차 있는 머리보다는 아주 잘 만들어진 머리가 낫다."… 기억해야 한다는 과도한 강요의 부담을 밀어내면서 우리는 무언가를 얻기 때문이며, 이렇게 잘 만들어진 머리는 더 창의적인, 새로운 활동들에 전념할 수 있기 때문이다. 새로운 기술들은 세계에 존재하는 모든 기억을 우리가 마음대로 이용할 수 있게 해준다.

역사가 앙드레 르루아-구랑은 이런 식으로 인간 진화 과정을 기술했다. 인간이 일어나서 돌아다니기 시작했을 때, 그의 앞다리들은 그때까지 맡고 있었던 이동 기능으로부터 해방되었다. 이제 손은 잡기 능력을 발전시킬 수 있었고, 인간은 호모 파베르가 되었다. 손이 이런 잡기 능력을 획득하자, 그때까지 잡기 기능을 하고 있었던 입은 그 기능을 잃어버렸다. 이제 입은 말할 수 있게 되었다. … 그런데 만약 사람들이 이 과정에서 말의 획득과 이동 기능의 상실을 비교해 본다면, 획득한 것이 잃어버린 것을 크게 넘어선다는 점은 의심할 여지가 없다. ― 미셸 세르 외, 『가치는 어디로 가는가』, 270쪽

문자에 대한 세르의 설명은 쓰기 작업에 내재하는 자유로움을 이해하는 데 도움이 됩니다. 어떤 것에 대해 쓴다는 것은 그것을 기억해야 하는 부담에서 우리를 자유롭게 해줍니다. 우리는 쓴 것을 더 잘 잊습니다. 다시 기억하기를 원하면 노트를 펼치면 되기 때문입니다. 이런 점에서 쓰기는 말하기보다 고통으로부터의 해방을 더 용이하게 하는 측면이 있습니다. 우리는 무엇에 대해 말할 때보다 무엇에 대해 쓸 때 그것이 자기와 더 분리되었다고 느낍니다. 말은 사라지지만 쓴 것은 객관적 대상으로서 내 앞에 존재하기 때문이지요. 나비가 번데기 껍질을 벗듯이 내가 쓴 것은 벗어 놓은 낡은 옷가지들처럼 내 앞에 놓여 있으므로 나는 오히려 거리를 두고 그것을 바라볼 수 있고

그것과 이별하는 일도 쉬워집니다.

쓰기의 활동 중에서도 은유와 상징을 활용하는 문학적 쓰기가 갖는 장점 중 하나는 안전한 자기 탐색입니다. 가령 트라우마 사건에 대한 문학적 쓰기는 트라우마를 직접적인 방식으로 서술했을 때 생길 수 있는 여러 종류의 심리적·현실적 부담으로부터 내담자를 보호해 주는 효과가 있습니다. 이런 점에서 문학적 글쓰기를 활용하는 문학상담은 그 어떤 상담보다 안전감을 확보한 성찰의 과정을 내담자에게 제공한다고 할 수 있습니다. 내담자는 자신의 상태나 상처를 자유롭게 표현하면서도 문학적 서사와 은유를 통해 자신을 보호하기 때문에 불안감을 최소화할 수 있습니다. 이렇게 불안이 최소화되면 내담자는 자신의 문제들을 표면적이고 관습적인 자아의 뒤로 숨기지 않고 자유롭게 표현하는 용기를 발휘하게 됩니다. 문학상담의 안전감이 자유롭고 자발적인 자기 표현과 성찰을 촉진하는 것이지요.

그러나 문학상담의 쓰기에서 안전감 못지않게 중요한 점은 이런 쓰기가 자기에 대한 통념적 관념으로부터 벗어나 다른 방식으로 자기와 세계를 감각하고 사유하는 계기를 마련해 준다는 것입니다. 통상적인 언어 사용에서 벗어나 문학적 언어로 자기, 사건, 세계를 표현하는 순간, 다른 자기, 다른 사건, 다른 세계가 도래하는 체험을 하게 됩니다. 문학적 쓰기는 참혹하고 고통스러운 사건의 본질을 단순히 문학적으로 꾸며서 안전하게 표현하는 것 이상의 역할을 합니다. 그것은 사건 자체를 다른 사건으로 만드는 '라쇼몽 효과(Rashomon effect)'를 수반합니다.

잘 알려져 있듯이 구로사와 아키라의 영화 「라쇼몽」에는 살인사건에 연루된 등장인물들이 그 사건에 대해 각자 다른 진술을 함으로써 등장인물 수만큼의 사건들을 만들어 냅니다. 얄롬은 이러한 라쇼몽 효과가 상담자와 내담자 사이에서 빈번히 일어나는 경험임을 지적하면서 상담에서 이 효과의 중요성을 강조합니다. 상담자와 내담자는 같은 시간에 같은 공간에서 같은 사건을 공유하지만 각자 다른 느낌을 갖습니다. 그래서 얄롬은 내담자였던 지니 엘킨(가명)과 상담을 진행한 뒤 각 만남에 대해 각자가 작성한 성찰 일지를 모아서 『매일 조금 더 가까이』라는 책으로 출간하기도 했습니다. 이것은 심리치료나 상담이 "과학적인 원리와 객관적인 분석을 초월한" 만남이라는 점을 보여 줍니다(『심리치료와 인간의 조건』, 117~121쪽).

그런데 이런 경험은 상담자와 내담자 관계에서만 발생하는 것이 아니라 내담자 자신이 자신과 맺는 관계에서도 발생합니다. 하나의 사건이 동일한 내담자에게서도 다르게 경험되는 것입니다. 똑같은 과거의 사건을 두고도 T1 시점의 내담자와 T2 시점의 내담자는 다르게 묘사하고 다르게 평가하는 경향이 있습니다. 그 결과 하나의 사건은 다른 사건이 되어 버립니다. 문학상담은 이런 경험을 촉진하기 위해서 문학적 표현을 적극적으로 활용하려는 상담학적 활동입니다. 트라우마 사건에 대한 경험은 다양한 표현을 통해 다른 사건이 될 수도 있습니다. 장르와 기법을 달리한 여러 차례의 문학적 쓰기 활동을 통해 성찰적 자기가 구성되면서 오직 고통과 상처에 불과하던 사건이 새로운 사건으로 변모하는 것입니다. 니체는 이렇게 말했습니다.

> **슬픈 저자와 진지한 저자** ── 자신이 **고통받고 있는 것**을 종이 위에 옮기는 사람은 슬픈 저자가 된다 : 그러나 그가 **고통받았던 것**과 왜 지금은 기쁨 속에서 휴식하고 있는지를 이야기할 경우 그는 진지한 저자가 될 것이다. ─ 니체, 『인간적인 너무나 인간적인II』, 308~309쪽

우리는 처음엔 슬픈 저자로서 우리의 고통과 불행에 대해 써 내려가게 될지도 모릅니다. 그러나 계속 글을 쓰고 이야기하면서 그는 자신의 고통을 떨어져서 바라보며 그 고통의 의미에 대해서 말할 수 있는 진지한 저자가 되는 것이지요. 결국 문학상담은 슬픈 저자로 시작한 한 사람을 진지한 저자로 변모시키는 과정이라고 할 수 있습니다.

◇ 메타포와 메타모르포시스

은유를 통한 시쓰기는 문학상담의 장점을 가장 잘 드러내 주는 활동입니다. 은유는 'A는 B이다'라는 형식을 띤 수사법으로서 흔히 두 사물인 A와 B 사이의 유사성을 통해 A를 B로 색다르게 명명(denomination)하는 것으로 이해됩니다. 그런데 폴 리쾨르는 이러한 전통수사학적 이해가 은유의 중요한 특징을 간과하고 있다고 봅니다. 은유의 본질은 단순한 명명에 있는 것이 아니라 A에 대한 새로운

서술이 발생한다는 점에 있다는 것입니다. 유사성의 포착은 A의 새로운 의미를 발명해 내는 과정입니다. 이렇게 새로운 의미의 발명이 있을 때에만 그것은 '살아 있는 은유'가 됩니다(윤성우, 「리쾨르의 문학론 : 언어와 실재에 대한 탐구」, 『하이데거 연구』 제15집, 335쪽). 로버트 앨린슨은 플라톤과 칸트, 헤겔의 서양철학적 전통에서 은유적 이해는 개념적 이해보다 열등한 것으로 간주되었지만 사실 이것은 은유에 대한 잘못된 관념이라고 지적합니다. 특히 개인의 정신적 변화(spiritual transformation)를 야기하는 데 있어서는 은유가 하는 역할이 크다는 점을 강조합니다.

갑작스러운 통찰의 체험, 이전에는 간파할 수 없었던 어떤 것을 갑자기 이해하게 되는 '아하'의 체험에 비유하는 것이 가장 적절할 것이다. 그러나 이 경우에 '아하'의 체험은 풀리지 않던 특수한 문제 하나를 이해하는 것이 아니라, 자신의 사고 과정 전체가 어떻게 잘못된 방향으로 가고 있는지를 홀연히 이해하는 것이다. — 로버트 E. 앨린슨, 『장자 : 영혼의 변화를 위한 철학』, 22쪽

정신적 변화는 논리적인 연역으로부터 일어나는 게 아니라는 점에서 단순히 지성적인 과정이라고 할 수는 없습니다. 그것은 개념적 사유로 환원되지 않는 갑작스런 통찰, '아하!'의 체험에 가까운 것입니다. 그런데 은유적 이해는 바로 이 '아하!'의 체험이 일어나는 데 크

게 기여합니다. 전통철학자들의 주장과 달리 은유는 개념적 이해로 포착되지 않는 인식의 순간을 열어 주는 것이지 인식과 무관한 것이 아니라는 것이지요.

상담전문가들과 심리학자들 역시 이러한 이유에서 은유적인 의사소통의 중요성을 강조합니다. 가족치료 전문가인 버지니아 사티어는 은유가 의미와 실제 대상 사이에 공간을 만들어 낸다고 말합니다. 은유가 형성하는 미학적 공간 또는 거리는 "내담자가 나름대로 해석할 수 있는 여유를 제공하며 간접적 치료를 유도하는 보조 치료자의 역할을 한다"는 것입니다. 그는 내담자가 은유를 통한 거리두기 덕택에 치료사나 다른 내담자들과 일정한 거리를 유지하며 안전감을 확보한 상태에서 성찰 작업을 수행할 수 있다는 점이 은유적 의사소통의 강점이라고 봅니다(이선형, 「예술치료를 위한 '은유'의 개념과 기능에 대한 소고」, 『드라마연구』 제37호, 157쪽).

밀턴 에릭슨과 같은 심리학자는 "습관화된 무의식적 패턴에 영향을 주는 간접적인 입력에 초점을 맞출 때 변화가 가장 효율적으로 일어나고 영속화된다"고 주장합니다(이윤주·양정국, 『은유와 최면』, 100쪽). 그에게 은유적 표현은 간접적 입력의 방식입니다. 은유는 "내담자의 의식적인 마음과 무의식적인 마음 모두와 동시에 대화를 하기 위한 도구로서 의식과 무의식을 연결시키는 상징을 이야기"한다는 것입니다(『은유와 최면』, 103쪽). 따라서 내담자가 표현하는 은유는 내담자의 내면세계와 현재 몰두하고 있는 문제를 효과적으로 드러내

줄 수 있습니다. 심리학자들은 긍정적인 은유의 활용을 유도하기도 하는데 이를 통해 내담자가 삶의 변화와 성숙을 이룰 수 있다고 보기 때문입니다(『은유와 최면』, 151쪽).

은유가 개념이 제공하지 못하는 의사소통의 장점을 지녔음을 강조하는 입장을 넘어서, 은유를 개념적 사고의 기초로까지 보는 학자들도 있습니다. 인지언어학자 조지 레이코프와 철학자 마크 존슨이 바로 그렇습니다. 그들은 문학적 은유를 따로 사용하지 않더라도 우리 사고의 대부분은 은유적(metaphorical)이며 우리의 상식적 표현들이 이미 특정한 은유에 근거해서 형성된 것이라고 봅니다. 나아가 가장 개념화된 사유 형식의 기초로 생각되는 형이상학의 개념들조차도 숨겨진 은유 체계의 보이지 않는 손에 의해서 만들어진다고 주장합니다. 심리학적 측면에서 한 사람이 쓰는 은유는 삶에 대한 그의 고유한 이해를 알려 준다고 할 수 있습니다.

임상심리학에서 은유 이론의 전망은 아주 밝다. 무의식적인 은유 체계에 대해 이제 우리는 많은 것을 알고 있다. 따라서 우리는 무의식적인 은유 체계가 어떻게 개인으로서 우리의 삶에 영향을 미치고, 우리가 우리 자신의 삶을 이해하기 위해 일생 동안 어떤 **개인적인** 은유를 발전시켜 왔는지를 보여 줄 수 있다. 또한 우리는 결혼과 사랑에 관해 어떤 기본적인 은유들이 있는지, 또 배우자의 은유가 어떻게 다를 수 있는지를 알고 있다. 그러한 차이는 커다란 어려움을 초래할 수 있다. … 은유 이론은 우리의 자아 이해의 인지적·정서적 차원에 대한 체계적 지침을 제공한다. - G. 레이코프·M. 존슨, 『삶으로서의 은유』, 410~411쪽

사랑하는 사람들 사이의 관계를 표현하는 관습적 표현을 몇 가지 떠올려 볼 수 있습니다. '우리는 갈림길에 서 있다', '우리는 다른 방향으로 나아가고 있다', '우리는 제자리를 맴돌고 있다', '그 결혼은 암초에 부딪혔다' 등의 관습적 표현들은 근본적으로 우리가 '사랑은 여행(LOVE IS A JOURNEY)'이라는 은유를 받아들이고 있기 때문에 쉽게 이해할 수 있는 것입니다. '사랑은 여행이다'라는 은유를 받아들이면 연인들은 여행자가 되고 그들의 삶의 공동 목표는 여행의 목적지가 됩니다. 사랑의 난관은 여행의 장애물이 되겠지요. 우리는 여행의 경험을 통해 사랑에 대해 많은 추론을 하게 됩니다(G. 레이코프·M. 존슨, 『몸의 철학』, 111~112쪽). 그런데 모든 사람이 사랑은 여행이라는 은유를 받아들이는 것은 아닙니다. 어떤 사람은 사랑은 사냥 혹은 전쟁이라는 은유에 기초해서 사랑에 대해 사유할 수도 있습니다. 만약 사랑은 여행이라고 생각하는 사람과 사랑은 사냥이라고 생각하는 사람이 만나 사랑에 빠지면 어떻게 될까요? 아무래도 "커다란 어려움을 초래할 수" 있겠지요.

문학상담에서 은유가 중요한 이유는 바로 여기에 있습니다. 상담 과정에서 내담자가 사용하는 은유들은 내담자에 대해 많은 것을 알

려 줍니다. 내담자들은 문학적 은유를 자유롭게 사용해서 자기를 표현하고 그것을 통해 자신의 무의식적 은유 체계와 사고방식들을 자각할 수 있습니다. 다른 내담자들의 은유를 들으며 다른 은유 체계와 만나는 활동은 자기 이해와 타자 이해를 모두 심화시킵니다. 또한 다양하게 시도되는 은유적 표현 활동 속에서 내담자는 새로운 의미의 발명이 일어나는 '살아 있는' 메타포(metaphor)를 만들어 낼 수 있습니다. 살아 있는 메타포는 주체의 메타모르포시스(metamorphosis)를 가능하게 합니다. 리쾨르는 은유가 단순히 평범한 표현을 낯설지만 아름다운 표현으로 바꾸는 수사학적 장식이 아니라 세계를 다른 방식으로 보게 하는 기능을 갖는다고 강조합니다(김애령,『은유의 도서관』, 226쪽). 은유를 통한 세계변형은 주체와 세계의 관계가 변화하는 것을 의미하며 이 관계의 변화 속에서 주체의 메타모르포시스가 이루어집니다.

물론 모든 은유가 살아 있는 은유라고 할 수는 없습니다. 너무 낡고 익숙해진 나머지 새로운 의미를 만들어 내지 못한 채 일상적 표현과 동등해진 은유들도 많습니다. 죽은 은유가 존재하는 것이죠. "예를 들어 '아킬레스는 사자다'라는 은유는 '아킬레스는 용감하다'라는 일상적 표현과 의미론적으로 동위다. … 따라서 은유는 언제든지 원래의 의미로 명료하게 해석될 수 있고, 그 장식적 가치를 제외하고는 어떠한 손상도 없이 일상어로 풀이될 수 있다."(『은유의 도서관』, 30쪽) 이런 죽은 은유들은 주체의 변신을 야기할 수 없습니다. 따라서 상담자는 다양하고 새로운 문학 텍스트들을 제시하고 활용해 내담자들이 살아 있는 은유들을 만들어 내도록 촉진할 필요가 있습니다.

은유를 통한 문학적 메타모르포시스, 즉 자기 변화의 과정은 문학상담의 주요 활동인 말하기와 듣기를 통해 완성됩니다. 문학상담의 집단프로그램에서 내담자들이 은유를 사용해 쓴 텍스트들은 다른 내담자와 함께 말하고 듣는 과정을 통해 다양한 방식으로 서사화될 수 있습니다. 한 내담자(A)가 구사한 은유들을 들으면서 다른 내담자는 그 은유들 각각에 대한 자신의 해석을 말하고, 그 해석들의 종합을 통해서 한 사람의 '자기(Self)'를 구성해 냅니다. 다른 이들이 내담자A의 은유들 속에서 발견하는 A의 자기(Self)는 각양각색일 것입니다. 은유 해석을 통해 누군가의 자기를 구성해 보는 말하기는 내담자A에게는 듣기를 통한 자기 탐색의 계기로 작용합니다. 내담자A는 자신이 표현한 은유를 다른 이들이 해석하는 것을 들으면서 자신이 무의식적으로 드러낸 자신의 정서나 욕구에 대해 이해할 수 있고, 이를 통해 새로운 방식의 자기 구성이 촉진됩니다. 또한 다른 이들의 은유를 해석해서 말하는 과정에서도 자신이 자신만의 고유한 정서와 욕구, 그리고 세계 이해의 방식을 표현하고 있음을 자각할 수 있습니다. 다시 말해 내담자A의 은유를 해석하는 다른 이의 이야기 속에서는 내담자A가 자기를 드러내는 방식이 확인되는 동시에 말하는 이가 자기를 드러내는 방식이 확인됩니다. 은유를 사이에 두고 말하고 듣는 상호적 소통이 일어나는 가운데 우리는 여러 종류의 '자기' 이야기를 만나고 자기 서사를 구성할 수 있는 역량을 기르게 됩니다.

문학상담, 만인의 작가-되기

◇ 문학의 민주주의

문학상담은 사실상 '만인의 작가-되기'라는 문학적 민주주의를 제안하는 것입니다.[11] 즉 고통받는 모든 이들이 쓰고 표현함으로써 고통으로부터 기쁨으로 이행하는 자가 될 수 있기 때문입니다. 문학적으로 쓰고 말하는 것은 소수의 천재들만이 지닌 고급한 역량이 아니라 만인이 지닌 역량입니다. 작가 리베카 솔닛 역시 자전적인 에세이 『멀고도 가까운』에서 작가의 재능은 그다지 희귀한 것이 아니라고 말합니다.

> 작가가 된 많은 이들이 그렇듯, 나 역시 어린 시절부터 책 속으로 사라지곤 했다. 마치 숲 속으로 달려 들어가듯 그 안으로 사라졌다. 나를 놀라게 했고, 지금까지도 놀라게 하는 것은 이야기의 숲과 고독 그 너머에 건너편이 있다는 것, 그리고 그 건너편으로 나가면 사람들을 만날 수 있다는 사실이다. … 가끔 재능은 문제가 아니라는 생각이 든다. 작가의 재능이란 사람들이 생각하는 것만큼 희귀하지 않다. 오히려 그 재능은 많은 시간 동안의 고독을 견디고 계속 작업을 해 나갈 수 있는 능력에서 부분적으로 드러나기도 한다. 작가는 작

가이기 전에 독자이며, 책 속에서, 책을 가로지르며 살아간다. — 리베카 솔닛, 『멀고도 가까운』, 95~96쪽

고독을 견디고 계속해서 무언가를 쓸 수 있는 사람은 작가가 될 능력을 갖춘 사람입니다. 그런데 고독을 견딘다는 것은 단순히 고립된 공간에서 긴 시간 동안 무언가를 쓰거나 고민하는 것을 말하지는 않습니다. 다른 사람들이 모두 같은 이야기만 할 때 그것으로부터 잠시 거리를 두고 홀로 생각해 볼 수 있다면 그는 충분히 고독한 사람입니다. 그는 사람들과 상품들이 가득한 거리에서도 고독할 수 있고 심지어 동료들과 대화를 나누면서도 고독할 수 있습니다. 자기만의 방식으로 사유할 권리를 자기에게 보장해 주는 사람이 자신의 고독을 사랑하는 사람입니다. 그리고 고독 속에서 얻어진 자기의 고유한 생각을 써 내려갈 수 있을 때 그는 충분히 작가가 될 수 있습니다. 그리고 그렇게 쓰인 이야기에는 건너편이 있고 그곳에는 늘 사람들이 모여 있습니다. 우리는 하나의 이야기를 통해 건너편에 모여 있는 사람들과 만납니다. 문학상담의 과정에서는 이 만남이 시간의 지체 없이 서로 얼굴을 마주할 수 있는 한 공간에서 이루어집니다. 문학상담의 공간에는 자신의 고유한 생각과 내면세계에 대해 쓸 수 있는 고독의 숲과 그렇게 쓰인 글을 가지고 사람들과 만나는 숲의 건너편이 공존합니다.

여전히 많은 이들이 문학 창작의 대중화를 통한 아마추어 문학 활

동에 대해 부정적인 시선을 보냅니다. 예술 동호회의 활동은 문학적 성취라고 부를 만한 기준에 미달되는 작품들을 생산하고 있으며 이들 작품의 확산은 결국 좋은 문학을 외면하게 만들 것이라는 우려도 있습니다. 이런 우려 앞에서 우리는 심각한 딜레마에 빠집니다. 만인과 함께하는 문학적 공생을 위해서 탁월한 문학적 성취를 포기하고 적정 수준의 문학적 활동을 확산시키는 데에 힘쓸 것인가, 아니면 공생을 포기하고 미학적 아방가르드의 소명을 다하기 위해 문학의 고독 속으로 걸어 들어갈 것인가? 그것도 아니라면 열정적인 교육학적 기획을 통해 더 많은 사람들을 위대한 작품들을 이해할 수 있는 고급 독자로 만들어 수준 높은 문학적 공생을 실현할 것인가?

그런데 이런 고민들은 문학을 포이에시스적 관점에서만 사유하는 데에서 비롯됩니다. 우리는 제작된 문학 생산물의 가치를 평가한 후 거기서 선별된 탁월한 작품들만이 상징경제 안에서 빠르게 유통되기를 희망합니다. 그러나 문학을 프락시스의 관점에서 이해한다면 아마추어 문학을 비롯해 다양한 문학 활동들의 가치는 달리 평가될 수 있습니다. 문학적 활동을 통해 한 사람의 마음이 상처와 고통으로 위축되었던 역량에서 더 큰 역량으로 이행한다면, 그것은 하나의 '행위'로서 완전성을 획득합니다. 감춰져 있던 고통을 표현하면서 그 사람은 자신의 존재를 가시화합니다. 황현산 평론가의 비평집 제목이기도 한 '잘 표현된 불행'은 문학상담의 특징을 잘 드러내 줍니다. 문학상담은 숨겨진 고통이나 불행을 가시화하려는 활동이라고 할 수 있습니다. 미학자 자크 랑시에르는 비가시적인 것의 가시화를 민주주의의 과정으로 이해합니다. 그런 관점에서 보자면 문학상담은 문학적 민주주의를 실현하는 것이라고 할 수 있습니다.

◇ 문학적 독백을 넘어서

그런데 치유적 힘이 문학 자체에 고유한 것이라면 문학상담이 필요한 지점이 어디에 있는지를 물을 수 있습니다. 심리치료의 역사에서 매우 유명한 엘렌 베스트(Ellen West)의 사례를 잠시 살펴보도록 하겠습니다. 엘렌 베스트라는 가명으로 불린 한 독일 여성은 어린 시절부터 시와 일기, 편지를 꾸준히 썼지만 거식증의 섭식장애와 마음의 고통들을 이기지 못하고 1921년 33세의 나이로 자살을 했습니다. 죽기 전까지 그녀는 끊임없이 글쓰기를 통해서 자신의 고통을 표현했지만 그것만으로는 고통을 해소할 수 없었습니다. 문학의 아마추어였던 엘렌 베스트가 자신의 상처를 문학적으로 더 많이, 더 잘 표현할 수 없었기 때문이었을까요?

어떤 이들은 뛰어난 시인이었던 실비아 플라스를 떠올릴 것입니다. 그녀가 심한 우울증으로 '자살의 학교'라 불릴 만큼 자살 시도를 자주 했고 결국 자살로 생을 마감한 것을 보면 문학의 치유적 힘에는 분명 한계가 있다고 말할지도 모르겠습니다.

그렇다면 엘렌 베스트에게는 문학보다는 전문적인 심리치료가 필요했던 것일까요? 부유한 유대인 여성인 그녀는 당대에 유럽에서 가장 유명한 의사들을 찾아다니며 정신분석 치료를 받았습니다. 치료가 성공하지 못한 데에는 여러 이유가 있을 것입니다. 인간중심상담을 주창한 칼 로저스는 가장 큰 실패의 원인을 외로움과 소외로 지목하면서, 현대의 많은 사람들이 겪고 있는 소외의 두 가지 요소에 초점을 맞춥니다.[12] 하나는 자신의 깊은 내면으로부터의 소외이고, 다른하나는 다른 사람들로부터의 소외입니다. 자기로부터의 소외는 신체기관을 가진 유기체로서의 자기 자신이 경험하는 의미와 의식적인자기가 다른 사람들의 사랑과 수용을 얻기 위해 굳게 붙잡고 있는 의미 사이의 치명적인 분리에 의한 것입니다. 이 분리는 자기 자신과 자유롭게 의사소통할 수 있는 능력의 결핍에서 기인합니다. 타인들로부터의 소외는 자신의 소외의 경험을 다른 사람들에게 표현할 수 없었던 데에서 옵니다. 로저스는 이렇게 말합니다.

> 우리의 외로움의 또 하나의 요소는 우리가 진정 경험하는 것을 즉,
> 진정한 우리 자신을 의사소통을 통해 다른 사람에게 전달할 수 있는 관계의
> 결여다. 우리가 분리된 자기의 두 가지 부분 ─ 우리가 인식하고 있
> 는 면과 깊은 수준의 경험 ─을 관계를 통해 결코 전달할 수 없게
> 되면, 우리는 어느 누구와도 진정한 접촉을 할 수 없다는 외로움을
> 느끼게 된다. ─ 칼 로저스, 『칼 로저스의 사람-중심 상담』, 181쪽

얄롬의 실존주의 상담에서도 치유의 핵심 계기는 철학적 통찰과

더불어 의미 있는 관계에 있다고 봅니다(어빈 D. 얄롬, 『보다 냉정하게 보다 용기있게』, 43, 137~143쪽 ; 『심리치료와 인간의 조건』, 135쪽). 고통받는 사람은 책 속에서 고통의 극복에 도움을 줄 만한 통찰을 얻을 수도 있고, 자신의 고통을 문학적 형식으로 표현함으로써 자기 상태에 대한 이해를 명료화할 수도 있습니다. 그러나 그것이 관계 맺음을 통한 상호작용의 과정으로 나아가지 않을 때에는 그 자체로 치유에 이르기는 어려움이 있습니다.

수필가 크리스틴 조르디스(Christine Jordis)는 『기괴한 열정』(*Une passion excentrique*)에서 자신이 쓴 시 덕분에 정신병원을 벗어날 수 있었던 시인 데이비드 개스코인(David Gascoyne)의 이야기를 들려줍니다.

> 시인은 주디 루이스라는 여성과 결혼하였다. 그녀는 마음이 너그러운 시골 여인으로, 시인의 삶과 달리 일상에 깊게 뿌리를 내리고 성실히 살아가는 사람이었다. 시인은 정신병원에서 그녀를 우연히 만났는데, 그녀는 그곳에서 환자들에게 책을 읽어 주고 있었다. 그날 그녀는 개스코인의 시 「9월의 태양」(September Sun)을 환자들에게 읽어 주고 있었다. 시인은 자신의 시를 읽고 있는 그녀의 목소리를 듣고 잠시 정신이 혼미해졌다가 다시 정신을 차리고는 "그 시는 제가 쓴 것이에요"라고 말했다. 처음에 주디는 그가 망상 때문에 헛소리를 한다고 생각했다. 하지만 그렇지 않았다. 시에 들어있는 단어

들이 시인을 다시 돌아오게 해주었다. 마치 미궁에 빠진 테세우스를 인도해 준 아리아드네의 실처럼, 단어들이 시인을 세상과 삶으로 다시 돌아오게 해주었던 것이다. 나중에 주디는 그가 병원에서 나올 수 있게 해주었고 그와 결혼하였다. ─ 레진 드탕벨, 『우리의 고통을 이해하는 책』, 60~61쪽에서 재인용

조르디스는 개스코인을 이끌어 준 아리아드네의 실은 그가 쓴 시의 단어들이라고 말합니다. 그런데 이 일화를 잘 살펴보면 그가 미궁에서 빠져나오는 것은 그가 쓴 시 때문이라기보다는 시를 읽고 있는 누군가의 목소리 때문입니다. 그가 병원에 들어올 때 챙겨 온 가방 속에서 자기 시집을 우연히 발견해서 다시 읽었다고 상상해 봅시다. '그래, 이 시는 내가 쓴 거야'라는 깨달음이 그를 세상으로 다시 돌아오게 하지는 못했을 겁니다. 그가 혼자서 병동의 고요한 침대 위에서 자신의 시를 읽었어도 그 시들은 여전히 아름다웠겠지요. 그러나 그에게 다시 삶의 감각을 회복하고 타인들 사이로 되돌아오도록 인도해 준 것은 그의 시를 읽고 있는 한 사람의 아름답고 너그러운 목소리입니다. 그는 자신의 시가 한 사람의 입술을 통해서 다른 사람들에게 전해지고 있다는 것을 깨달은 순간, 다시 삶의 생생한 관계 속으로 돌아올 수 있었던 것입니다.

문학적 읽기와 쓰기의 과정은 통찰을 주는 동시에 관계 맺음과 근본적인 연관을 지닙니다. 문학은 근본적으로 타자를 향해 있고 공적

공간에 등장하여 타자와 관계 맺으려는 욕망에서 비롯되기 때문입니다. 무언가를 쓰는 사람은 다른 이들과 달리 생각해 보는 고독의 시간을 갖지만 그 고독의 시간 속에서 솟아나는 자신의 생각들을 다른 이들에게 내보이고 공유함으로써 자신의 독특한 존재를 인정받으려는 사람입니다. 그런데 오늘날의 문학적 활동은 그러한 관계 맺음을 부분적으로만 보장합니다. 대부분의 사람들에게 쓰는 일은 공적 공간에서 자기를 표현하는 것이 아니라 독백을 하는 것에 가깝습니다. 요즘 많은 이들이 SNS상에서 작가와 소통하고 작품에 대해 말하기를 즐기는 것은 그 활동들이 문학적 소통에 대한 갈망을 어느 정도 충족시켜 주기 때문일 것입니다.

자신의 존재를 글로써 표현하고 그것을 통해 관계를 맺어 가는 기쁨은 문학의 근본적 기쁨입니다. 문학상담은 문학에 이런 근본적 기쁨을 되돌려 주려는 시도입니다. 자기 표현을 통한 관계 형성이 소수의 작가에게 허락된 등단과 출판으로 환원되지 않고 많은 이들에게 범람할 수 있도록 촉진하는 다양한 활동을 수행하려는 것이지요.

◇ 치료의 매뉴얼화와 치료의 모험

그런데 문학상담은 상담이라는 점에서 의심스러운 눈총을 받기도 합니다. 사회학자들은 상담이 다양한 관계 맺음을 제한하고 그로 인해 앞서 말한 프락시스로서의 성격을 띠기 힘들다고 비판을 하곤 합니다. 가령 지그문트 바우만은 상담의 반(反)-언어적 성격을 문제삼습니다. 그는 우리 사회를 "그만 말하고 이제 내게 보여 줘!"라고 외치는 사회로 파악합니다.

> 가장 성공적인 상담가는 상담을 받으려는 자가 얻길 바라는 것은 구체적인 실례라는 것을 잘 알고 있는 사람이다. 문제들의 성격이 오직 당사자인 개인만이 다룰 수 있는 것이며 개인적 노력을 통해서만 처리될 수 있다는 점을 감안한다면, 충고를 구하는 사람들이 필요로 하는 것(혹은 필요로 한다고 그들이 생각하는 것)은 다른 사람들이 비슷한 문제를 겪을 때 그것을 어떻게 해결하는가 하는 실제적 예들이다. … 다른 사람들의 경험을 들여다보면서 ──다른 사람들의 시행착오와 시련을 흘끗 봄으로써 ──자신에게 불행을 야기했던 그 문제들을 발견하고 그것에 이름을 붙이고, 이에 맞서거나 정복할 방법을 찾으려면 어디로 가야 하는지 알게 되기를 바라는 것이다. ─ 지그문트 바우만, 『액체근대』, 106~107쪽

다른 사람들의 경험을 참조하여 문제를 해결하는 것은 중요한 일입니다. 그런데 이것이 언어 활동을 통해 자신이 살고자 하는 고유한 삶을 탐색하는 과정 속에서 이루어지지 않을 때에는 문제가 됩니다. 그것은 그저 하나의 본보기로서 보여지기를 요청받습니다. 힐러리 래드너(Hilary Radner)와 같은 연구자는 『제인 폰다의 트레이닝북』이 수백만 미국 여성들에게 인기를 끌면서 경이적인 성공을 거두었

음을 언급하면서 제인 폰다의 성공 요인은 그녀가 권위자나 설교자, 교육자처럼 행동하지 않고 단지 하나의 본보기로서 자신을 제시했기 때문이라고 지적합니다(『액체근대』, 108쪽). 사람들이 자신의 내적 갈등을 해결하고 자아를 찾는 과정에서 언어적 탐색 활동은 그 중요성을 점점 잃어가고 있습니다. 해결의 실제적 예들이 즉각적 이미지로 제시되기를 요구받을 뿐입니다.

상담(相談)은 말 그대로 상담자와 내담자가 서로 이야기를 나누는 활동입니다. 이 때문에 바우만의 지적은 상담 전문가들에게는 억울하게 들릴 수도 있습니다. 그런데 그의 지적은 미국의 심리치료의 경향을 생각해 본다면 어느 정도 타당한 측면이 있습니다. 얄롬은 경험적으로 타당화된 치료(Empirically Validated Therapy, EVT)라는 개념이 미국의 심리치료 분야에 부정적 영향을 미치고 있다고 말합니다. 거의 대부분 단기적인 인지행동치료(Cognitive Behavioral Therapy, CBT)만을 의미하는 EVT 연구를 통해 잘못된 가정들이 만들어지고 이것이 상담에 미치는 악영향이 크다는 것입니다.

자금을 지원받는 연구라면 약물효능을 검증하는 연구에 견줄 만한 분명한 설계가 있어야 한다. 설계요구는 '분명한' 환자(말하자면, 다른 진단 집단의 증상을 보이지 않는 한 가지 장애를 가진 환자 —— 임상 실제에서는 이러한 유형의 환자를 잘 볼 수 없다)를 포함하며, 단기적인 치료 개입과 반복가능하고 책자화된 치료방법(즉 단계적으로 문서화될 수 있는 절차)을 포함한다. 그러한 설계는 특히 인지행동치료를 선호하며, 전개되는 지금-여기 상황에 초점을 맞추는 것과 진실성을 바탕으로 이루어지는 치료자와 환자 간의 친밀한(즉흥적) 관계에 의존하는 대부분의 전통적인 치료는 배제한다. — 어빈 D. 얄롬, 『치료의 선물』, 243쪽

쉽게 말해서 연구비를 지원받거나 보험처리가 가능한 심리치료로 인정받기 위해서는 실제로 환자가 보이는 다양한 증상들을 표준화할 수 있는 증상으로 단순화해야 한다는 것입니다. 다른 증상들과 분리되는 한 가지 증상의 실례로서 환자가 제시되고 그에 따라 어느 정도 훈련을 받은 사람이라면 표준적으로 실행할 수 있는 매뉴얼화된 치료방식이 고안된다는 것입니다. 이렇게 되면 결국 상담 장면에서 상담자와 내담자와의 다이내믹한 언어적 상호작용은 사라집니다. 단지 객관적 언어수준(진단 매뉴얼)에 맞춰 재빠른 진단을 내리는 일만 남게 되는 것이지요.

의료사회학자 아서 프랭크는 자신의 경험을 바탕으로 쓴『아픈 몸을 살다』에서 마음의 고통을 겪는 이들뿐만 아니라 암과 같은 질병에 걸린 환자들 역시 매뉴얼화된 접근 때문에 얼마나 큰 어려움을 겪는지에 대해 이야기합니다. 그런 접근은 환자들의 차이나 독특함을 인식하기보다 일반론에 의존하는 경향이 있습니다. 그는 말합니다. "일반론은 시간을 아껴 준다. 사람들을 범주 안에 집어넣으면 효율적이

며, 범주 개수가 적을수록 더 효율적이다. 모두에게 다 맞는 '원 사이즈'의 옷처럼, 같은 범주에는 같은 치료법을 쓰면 되기 때문이다."(아서 프랭크, 『아픈 몸을 살다』, 75쪽) 이런 접근에 익숙해지다 보니 사람들은 환자의 상태를 기술하는 단계이론 같은 것을 선호하게 됩니다.

엘리자베스 퀴블러-로스의 5단계 이론은 아주 잘 알려져 있는 단계이론이지요. 죽음을 앞두고 있는 사람은 부정, 분노, 타협, 우울, 수용이라는 다섯 가지 심리적 단계를 거친다는 이론입니다. 퀴블러-로스의 의도는 죽어 가는 사람들의 마음을 이해하고 사람들이 경험을 터놓고 이야기하는 것을 돕는 데 있었겠지만, 실제로 이 이론은 경험을 분류하는 데 사용되는 경우가 대부분입니다. 분노하는 환자에 집중해서 그가 왜 분노하고 있는지에 대해 묻는 대신, 그 사람에게 거리를 둔 채 그것은 예상대로 그저 지나가는 단계라는 식으로 반응한다는 것입니다. 물론 이 이론은 아픈 사람들에게 귀중한 도움을 줄 수도 있습니다. 치명적 질환을 진단받고 극심한 공포와 우울에 빠진 사람에게 그것이 지극히 '정상적인' 반응이라고 알려 주는 것은 위안을 줍니다(『아픈 몸을 살다』, 77쪽).

그러나 아픈 사람을 돌보는 사람은 그가 느끼는 공포나 우울을 그만의 것으로 존중해야만 합니다. 자신의 고통이 '넌 단지 남들이 겪은 공포의 단계를 지나고 있을 뿐이야'라고 취급되는 것은 그가 제일 원하지 않는 일일 것입니다. 공포나 우울이 예상되는 단계라고 해서 그것을 겪는 사람이 고통스럽지 않은 것은 아닙니다. 우리는 아픈 사람에게 그의 공포나 절망, 우울에 대해 충분히 물어봐야 합니다.

어떤 경험을 진짜로 만드는 것은 경험의 특수하고 세세한 부분들이다. 한 사람의 분노나 슬픔은 다른 사람의 분노나 슬픔과는 너무도 달라서, 이 감정들을 같은 이름으로 부르면 각 사람에게 일어나고 있는 일이 오히려 덮인다. '분노'든 '슬픔'이든, 아니면 어떤 말이든 이 단어들은 한 사람의 경험을 알려 주기보다는 가린다. … 실제 경험은 수없이 많은 모습으로 나타나며 각기 다른 결을 갖지만, 이와 같은 단어를 사용하는 사람들은 누군가의 산 경험에 자신이 연결되지 않고도 그 경험을 이해할 수 있다고 생각한다. – 『아픈 몸을 살다』, 76~77쪽

아서 프랭크의 설명은 문학적인 작업을 통해 자신의 경험을 표현하는 것이 얼마나 중요한지를 환기시켜 줍니다. 몸이나 마음의 고통을 겪고 있는 사람은 단순히 아프거나 슬프다고 말하는 것만으로는 충분하지 않습니다. 그는 자기 경험의 특수하고 세세한 부분들을 다양하게 표현하면서 비로소 자신에게 필요한 것과 자신이 원하는 것을 찾을 수 있습니다. 문학상담에서 이 과정은 얄롬이 말했듯이 "인간적이고 자발적이며 창의적이고 불확실성의 성격을 지니는 치료적 모험"이며, 치료의 매뉴얼화 경향은 이런 치료적 모험에 가장 큰 위협이 됩니다(『치료의 선물』, 5쪽).

이 위협은 매우 심각한 것이어서 사실 문학상담과 관련된 작업들 역시 이러한 병리적 접근과 표준화의 경향으로부터 자유롭지 못합니다. 문학상담의 매뉴얼화 — 우울증에는 이런 작품, ADHD 아동에게는 저런 작품을 활용해야 한다는 식 — 를 요구하고 이러한 체계적 절차를 기술한 책들을 발행해서 최소의 훈련으로 심리치료를 효과적으로 수행할 수 있게 해달라는 요구들이 점차 늘어나고 있습니다. 이런 요구는 상담활동의 효과성을 양적으로 연구하는 흐름과 결합되면서 더욱 강화되어 가는 듯 보입니다. 그러나 실제로 문학 텍스트는 다른 텍스트들보다 훨씬 높은 모호성과 개방성을 띠기 때문에 상담 과정에서 활용된 텍스트의 효과를 단선적으로 파악하기가 어렵습니다. 그래서 문학상담자들은 매뉴얼에 기대려고 하기보다는 삶에 대한 다양하고 새로운 언어적 탐색을 계속해서 수행하면서 텍스트를 다면적으로 이해하고 활용할 수 있도록 자신을 훈련해야 합니다.

◇ 문학상담자 – 관계의 예술가

지그문트 바우만은 정치 지도자와 상담자를 비교하면서 상담의 반(反)-실천적 성격을 문제 삼기도 합니다.

지도자와 상담자 간의 또 다른 중대한 차이점은 지도자는 개인적 이익과 '우리 모두의 이익' 혹은 (라이트 밀스Wright C. Mills의 표현대로라면) 사적 근심과 공적인 이슈 사이의 쌍방 통역 노릇을 한다는 것이다. 이와는 반대로 상담자들은 사적인 폐쇄영역 밖으로 혹시라도 발을 내디디게 될까 봐 늘 주의를 기울인다. 질병은 개인적인 것이고 그 치료 역시 그러하다. 근심은 사적이며 그 근심을 싸워 물리치는 수단 역시 그러하다. 상담자들이 제공하는 상담은 대문자로 시작하는 정치Politics가 아니라, 생활정치를 거론한다. 그들은 상담받는 사람들이 그들 혼자서 혹은 혼자만의 힘으로 할 수 있는 것들을 거론하며, 그들 혹은 그녀들 각각에게 이야기한다. 그들 모두가 힘을 합치기만 하면 서로를 위해 함께 이루어 낼 수 있는 것들은 거론하지 않는다. ─ 『액체근대』, 105쪽

우리는 이러한 사회학적 비판에 귀 기울일 필요가 있습니다. 그러나 문학상담을 반드시 사적 영역에 머무는 활동이라고 볼 수는 없습니다. 문학 텍스트는 우리가 그것을 선택할 때 특별한 제한을 두지 않는 한 사회적·역사적 맥락들이 가득한 재료입니다. 또한 문학상담은 개인상담의 형식으로 진행될 수도 있지만 집단 프로그램을 기본 모델로 합니다. 집단적 만남 속에서 다양한 텍스트를 다루는 문학상담은 사회적·문화적 상황에 놓인 개인들의 삶에 대한 인식을 촉진하며 고통이 삶을 파괴하는 상황에 이르지 않도록 함께 대처할 수 있는 방안을 모색하는 장이 될 수 있습니다. '대문자 정치'가 활성화되기 위해서라도 개인적 고통에서 시작하여 타자와 세계의 모습을 인식하고 공감적 소통이 이루어지는 대화의 공간이 열려야 합니다.

세월호 참사 희생자의 유가족을 돕는 일을 해온 정혜신 박사는 진상 규명은 치유적 관점에서 가장 중요하다고 말합니다. 우리가 겪는 고통에는 내적인 요인도 있지만 외부적 요인도 있습니다. 특히 세월호 트라우마와 같은 사회적 트라우마에서는 외부적 요인이 매우 결정적입니다. 이것은 어떤 사람이 길을 가다 갑자기 모르는 사람에게 치명적인 습격을 당한 것과 비슷한 경험이라는 것입니다. 그러므로 이분들의 고통은 상담실에서 고통을 토로하는 것만으로는 해결될 수 없고 사건의 외부적 원인이 무엇인지를 밝히는 과정이 반드시 필요합니다. 이렇게 진상이 규명되고 나서야 피해자들이 개인적으로 감당할 수밖에 없는 상실감과 슬픔을 다루는 일이 가능하다는 것입니다(정혜신·진은영, 『천사들은 우리 옆집에 산다』, 95~96쪽). 따라서 진정한 상담은 사회적 각성과 실천의 움직임과 무관하다고 할 수 없습니다.

문학상담에서도 상담자는 관계의 예술가이지 전문가의 위치에서 개인들에게 필요한 지침을 내리는 사람이 아닙니다. 그는 흩어진 채 고통받고 있는 개인들을 모으고 문학을 통해 공동의 이야기를 시작하는 '관계의 공간'을 만듭니다. 물론 '관계의 미학(Esthétique relationnaelle)'을 옹호하는 니꼴라 부리요처럼 "모던 예술의 시대착오적 중상모략가들을 제외한다면, **새로운 것**은 이제 더 이상 하나의 기준이 되지 못한다"고 단호하게 주장할 수는 없습니다(니콜라 부리요, 『관계의 미학』, 17쪽). 그러나 한편으로는 오직 새로운 것만을 추구하는 문학의 위대한 천사들과 다른 한편으로는 광고 문구가 그들의 유일한 암송시인 세대가 공존하는 상황에서 이들 양자를 맺어 주는 문학적 실천가들이 필요한 것은 분명합니다. 우리에게는 경제적 효율성에 의해 화석화된 개인적·사회적 관계들에서 벗어나 새로운 관계를 형성하도록 돕는 문학적 촉진자들이 필요합니다.

바우만은 문학상담자에게 모든 사회적 관계들을 일시에 갱신할 수 있는 혁명적 실천을 요청하는 것이 아니라 단지 폐쇄적인 사적 영역 밖으로 나가기를 요청하는 것입니다. 그 요청에 부응하는 것은 그다지 어려운 일이 아닙니다. 문학상담자는 개인적 근심거리의 전문 관리직을 자청하지 않습니다. 오히려 그는 소크라테스와 그의 친구들이 모여들곤 했던 문학적 향연(Symposion)의 주관자가 되기를 희망합니다. 만일 이 향연이 그 옛날과 다른 것이 있다면 이곳에서는 여성과 아이들과 노동하는 자들도 함께할 수 있다는 사실, 혹은 지중해의 과실과 음료 대신 문학 작품의 잔칫상이 차려질 것이라는 사실뿐입니다.

3부

/

내 마음의
무늬 읽기

이 장은 총 12회로 나누어 내 마음의 무늬를 읽는 시간을 갖도록 구성되어 있습니다. 전체 활동은 크게 두 부분으로 나눌 수 있습니다. 전반부의 '나와 함께 : 마음의 무늬'(1~6회)는 개인적인 글쓰기 활동을, 후반부의 '너와 함께 : 우리의 마음을 말할 때'(7~12회)는 여러 사람이 모여서 쓰고 나누는 활동을 하기 위한 것입니다.

그러나 혼자 있을 때 자신에게 가장 솔직해지고 편안한 느낌을 갖는 사람, 또는 다른 사람들과 어울리는 것을 좋아하긴 하지만 지금은 혼자 있는 시간이 더 필요하다고 느끼는 사람은 총 12회의 모든 활동을 개인적으로 진행해도 무방합니다. 반면, 그동안 너무 움츠리고 있어서 이제는 다정한 대화와 적극적인 소통이 필요하다는 외침이 마음 깊은 곳에서 들려오는 사람은 다른 사람들과 함께 모여서 12회의 활동을 실행할 수도 있습니다. 집단을 구성할 경우 참여 인원은 5명 내외가 적절합니다.

어떤 회차에서든 다른 사람들과 함께할 경우에는 두 가지 활동이 수반되어야 합니다. '피드백(feedback)'과 '셰어링(sharing)'입니다.[1] 피드백은 다른 사람의 글을 읽은 뒤, 그 글에 대한 느낌을 글쓴이에게 돌려주는 것을 말합니다. 그리고 셰어링은 그 글과 관련되어 떠오르는 자기 경험이나 생각을 함께 나누는 활동을 말합니다. 이 과정에서 글을 쓴 사람의 의도를 잘못 이해하고 이야기할까 봐 걱정할 필요는 없습니다. 그 사람의 의도를 정답처럼 알아맞히는 것이 아니라 그의 글에서 받은 자신의 느낌과 생각을 정직하게 표현하는 것이 중요합니다. 물론 지나치게 부정적이거나 극단적인 표현은 글을 쓴 사람에게 오히려 상처를 주고 방어적 태도와 저항을 야기할 수 있으므로 피해야 합니다. 다른 참여원들의 솔직한 반응은 글쓴이가 자기를 객관적으로 돌아보고 이해하는 데 도움을 줄 뿐만 아니라 반응하는 사람 자신에게도 성찰의 기회를 가져다줍니다. 집단 활동의 경우 참여원들의 수에 따라 시간이 유동적일 수 있지만, 청소년의 경우 100분, 성인의 경우 180분 이내로 제한하는 것이 일반적입니다. 진행 흐름에 따라 중간에 짧은 휴식 시간을 갖도록 합니다.

{ 나와 함께 }
: 마음의 무늬

내게 새를 가르쳐 주시겠어요?
그러면 내 심장 속 새집의 열쇠를 빌려드릴게요.

– 최승자, 「내게 새를 가르쳐 주시겠어요?」

슬픔이 가서 하는 일은 언제나

하느님, 귀머거리 하느님,

그 소리 낱낱이 들려드리는 일

— 이영광, 「슬픔이 하는 일」

◇ 슬픔이 하는 일

『바베트의 만찬』으로 널리 알려져 있는 덴마크 소설가 이자크 디네센은 이렇게 말한 적이 있습니다. "모든 슬픔은 하나의 이야기로 만들거나 그것에 대해 이야기한다면 견뎌질 수 있다."[2]

그렇습니다. 우리는 힘든 일이 닥쳤을 때 가까운 이들에게 그 일에 대해 토로합니다. 조언을 구하고 그것에 따라 어려운 상황을 슬기롭게 벗어나기 위해서입니다. 그러나 모든 상황이 종료되고 아무것도 바꿀 수 없는 것처럼 보일 때, 그래서 우리가 낙담해서 슬픔에 빠져 있을 때에도 우리는 여전히 누군가에게 이야기를 합니다. 디네센의 말처럼 내게 벌어진 일들을 하나의 이야기로 엮어서 누군가에게 말할 때 슬픔이 차츰 잦아들고 거기서 벗어난다고 느끼기 때문입니다.

우리를 사랑하는 사람들도 이 점을 잘 알고 있습니다. 그들은 우리가 하는 이야기에 귀를 기울입니다. 아무런 조언을 줄 수 없을 때에도 곁에서 묵묵히 듣습니다. 그 순간 만들어지고 있는 이야기의 힘을 알기 때문입니다. 하지만 우리가 이야기하고 싶을 때 곁에 늘 누군가가 있는 것은 아닙니다. 사랑하는 이들이 너무 멀리 있거나, 또 가까이 있어도 우리에게 자신들이 필요한 순간이라는 걸 알아차리지 못할 때가 있지요. 우리가 사랑하는 이들, 그리고 우리가 믿고 의지하는 신조차도 귀머거리 같다고 느껴지는 시간이 종종 찾아옵니다.

그러나 어떤 때에는 울음이 우리의 말문을 막기도 합니다. 슬픔이 너무 깊을 때에는 눈물만 하염없이 흐릅니다. 힘들게 입술을 떼도 다른 이들이 전혀 알아들을 수 없는 웅얼거림만 이어집니다. 우리가 말을 제대로 하지 못하기 때문에 그들이 들을 수 없는 것이지요. 어떤 날은 우리 스스로가 자신의 슬픔에 대해 귀머거리가 되기도 합니다. 분명 마음에 슬픔이 가득한데 왜 슬픈지 알 수가 없는 날들이 자주 있습니다. 그러니 우리는 우리 자신에게 먼저 슬픔의 이유를 들려줘야 합니다. 내가 나의 슬픈 이야기를 들을 수 있을 때 사랑하는 이들에게도 그 이야기를 전할 수 있습니다.

나는 내 슬픔의 첫 번째 청자(聽者)입니다. 그런데 그 슬픔은 내게도 들릴 듯 말 듯 한 소리로 말합니다. 바늘 떨어지는 소리처럼 작습니다. 그렇지만 그것은 나도 모르는 사이 마음에 무늬를 새깁니다. 이 무늬는 종종 상처라고 불리기도 하지요. 그것은 상형문자처럼 쉽게 읽히지 않습니다. 읽는 법을 배워야 나는 내 슬픔을 읽을 수 있습니다. 우리 마음에 슬픔의 무늬만 있는 것은 아니지만, 우리는 유독 슬픔의 무늬에 관심이 많습니다. 처음에는 그저 흐릿한 무늬처럼 보이던 것이 하나의 글자로 읽히는 시간, 그 시간을 '내 마음의 무늬'를 읽는 시간이라고 부를 수 있습니다. 이제 우리는 슬픔의 문자를 배우려고 막 마음의 학교에 입학한 신입생들입니다.

◇ 마음의 교실 찾아가기

학교에 처음으로 등교하던 날을 떠올려 보면, 모든 게 낯설기만 했습니다. 부모님의 손을 잡고 간 입학식은 그래도 문제가 없었지만, 혼자 등교한 첫날은 교실을 찾아가는 것도 마냥 두렵고 힘들었던 기억이 납니다. 교실을 제대로 찾아가야만 배워야 할 것들을 배울 수 있습니다. 마음을 읽는 법을 배울 때도 마찬가지일 텐데요. 마음의 무늬를 잘 볼 수 있고 더듬거리며 읽어 볼 수 있는 교실이 필요합니다. 교실이 될 만한 장소를 찾아가야 합니다.

그렇다고 꼭 어린 시절에 다녔던 학교의 교실이나 대학의 강의실을 찾아갈 필요는 없습니다. 조용하고 호젓한 공간이라면 어디든 마음의 교실이 될 수 있으니까요. 다락방처럼 좁고 은밀한 공간이라야 편안하게 마음을 들여다볼 수 있다고 느끼는 사람이 있습니다. 그러나 그런 공간은 좁아서 답답하고 불편하다고 느끼는 사람도 있습니다. 그런 이들은 가끔 산책 삼아 가는 공원의 벤치나 자주 들르는 카페의 테이블이 가장 아늑하다고 느끼지요. 물론 가장 좋은 곳은 다른 사람의 방해가 없는 자기만의 방이겠지만, 이런 방을 가진 사람들이 많지는 않습니다. 아이를 키우는 엄마는 자기 방은커녕 작은 책상도 갖기가 어렵습니다. 또 물리적으로 독립적인 공간이 있어도 그곳이 일상의 경험이나 습관들로 짙게 얼룩져서 혼자 생각하고 쓰는 일에 집중하기가 힘들다면 마음의 교실이 되기는 어렵습니다. 반대로 한 시간이라도 방해받지 않고 슬픔의 글자를 익히는 데 집중할 수 있는 공간이라면 어디라도 좋은 교실이 될 수 있습니다.

• 마술처럼 그런 공간들을 만들어 내는 작은 물건들이 있습니다.
예를 들어 가족들과 내내 함께 쓰는 탁자라도 글을 쓰는 시간 동안 자기가 좋아하는 테이블보를 사용하여 특별한 시간이 시작되고 마무리되었음을 스스로에게 알려 줄 수 있습니다. 마음을 안정시키는 작은 향초를 켰다가 끄는 것을 새로운 공간이 열리고 닫히는 표식으로 삼을 수도 있습니다.

• 같은 공간이라도 시간에 따라 다르게 느껴집니다.
가장 몰두하기 좋은 시간은 사람마다 다릅니다. 하루 중에 여유 있게 자신에게 집중할 수 있는 시간대를 정합니다. 시간이 너무 짧아도 몰입하기 어렵지만 제한을 두지 않아도 집중하는 일에 방해가 될 수 있습니다.

• 특별한 음악을 준비해 보는 것은 어떨까요?

들을 때마다 마음을 차분하고 잠잠하게 만들곤 하는 음악이 좋겠지요. 그런데 음악이 자꾸 말을 건다고 느끼는 사람들이 있습니다. 그 경우에는 음악이 없는 편이 좋습니다. 물론 음악이 들려주는 이야기는 마음에 대해 배우는 데 큰 도움이 됩니다. 그런데 친한 친구 두 명이 동시에 이야기를 하면 잘 알아들을 수가 없지요. 지금은 읽고 쓰는 방식으로 마음의 슬픔에 다가가기로 했으니, 음악은 그 곁에서 가볍게 끄덕거리는 것처럼 느껴질 정도로만 함께하기로 합니다.

첫 번째 시간 :
시작(詩作) / 시작(始作)을 위한 필사

이 시간에는

나와 다른 사람들과 사물들에 대한 글을 쓰기에 앞서 마음을 차분하게 가라앉히고 문학적 표현들과 친해져 보는 작업을 합니다. 자신을 위해 마음에 드는 노트로 나만의 '마음노트'를 만들고 좋아하는 필기구 하나를 준비합니다. 첫 시간은 필사를 통한 시 쓰기 워밍업을 하는 시간입니다.

꽃가루 주문으로 몸과 마음 가라앉히기

신화학자 조지프 캠벨의 『천의 얼굴을 가진 영웅』이라는 책에 실려 있는 인디언 부족의 주문을 읽으며 첫 시간을 시작해 봅니다. 캠벨의 책에 소개된 이야기에 따르면, 옛날 쌍둥이 청년 두 명이 지혜를 찾아 길을 떠났다고 합니다. 그들은 여행 중에 '거미여인'이라 불리는 지혜로운 노파를 만나게 되지요. 거미여인은 이 청년들에게 낯선 사람을 만나면 싸움을 피하고 분노를 가라앉히는 꽃가루 주문을 알려 주었습니다. 우리도 이 주문을 천천히 따라 읽으면서 발과 손과 머리에서 꽃가루가 사르륵 떨어지듯 힘을 빼고 마음의 어지러운 상념들을 가라앉혀 봅시다.

네 발을 꽃가루처럼 내려놓아라,

네 손을 꽃가루처럼 내려놓아라,

네 머리를 꽃가루처럼 내려놓아라.

그럼 네 발은 꽃가루, 네 손은 꽃가루, 네 몸은 꽃가루.

네 마음은 꽃가루, 네 음성도 꽃가루.

길이 참 아름답기도 하고,

잠잠하여라.

시 따라 쓰기

문학비평가 발터 벤야민은 서적을 필사하는 중국의 전통에 대해서 크게 감탄했습니다. 그는 붓으로 책을 정성껏 베껴 적는 전통을 통해서 중국의 위대한 문예 문화가 꽃을 피우고 고대로부터 지금에 이르기까지 지속적으로 이어질 수 있었다고 보았습니다. 필사는 중국 문화의 수수께끼를 푸는 열쇠라는 것이지요. 그는 『일방통행로』에서 필사가 중요한 이유를 이렇게 말합니다.

> 걸어가느냐 아니면 비행기를 타고 위를 날아가느냐에 따라 시골 길이 발휘하는 힘은 전혀 달라진다. 이와 마찬가지로 텍스트도 그것을 읽느냐 아니면 베껴 쓰느냐에 따라 발휘하는 힘이 전혀 다르다. 비행기로 여행하는 사람은 오직 길들이 풍경 속을 뚫고 나가는 모습만을 볼 뿐으로 그의 눈에 길은 그것을 둘러싸고 있는 지세와 동일한 법칙에 따라 펼쳐진다. 길을 걸어가는 사람만이 길의 지배력을 알며, 비행기를 타고 가는 사람에게는 그저 쭉 펼쳐져 있는 평야에 불과한 지형들로부터 마치 병사들을 전선에 배치하는 지휘관의 호령처럼 원경들, 전망대, 숲속의 공터, 굽이굽이 길목마다 펼쳐진 멋진 조망을 불러낼 수 있다. 이와 마찬가지로 베껴 쓴 텍스트만이 그것에 몰두한 사람의 영혼에게

호령할 수 있는 반면 단순한 독자는 [텍스트에 열린] 자기 내면의 새로운 광경들, 계속 다시 빽빽해지는 내면의 원시림들 사이로 나 있는 길을 결코 찾을 수가 없다. 왜냐하면 그저 읽기만 하는 사람은 몽상의 자유로운 하늘을 떠돌며 자아의 움직임에 따르지만 베껴 적는 사람은 그러한 움직임에 호령을 하기 때문이다. ─ 발터 벤야민, 「중국 도자기 공예품」, 『일방통행로』, 27~28쪽

프랑스의 소설가이며 독서치료사인 레진 드탕벨은 필사의 치료적 효과를 확신합니다. 그녀는 자신의 독서치료실에 찾아온 사람들에게 아름다운 시나 소설의 몇 단락들을 베껴 써 보기를 권유한다고 해요. 필사는 만다라를 색칠하는 것처럼 마음을 진정시킵니다. 또한 필사를 통해 중요한 본문을 다시 읽는 일은 정신의 자양분을 제공하지요. 물론 받아쓰기 숙제를 했던 유년의 기억 때문에 필사를 일종의 처벌로 생각하는 사람들도 있습니다. 그렇지만 그것이 벌칙이었을 때조차도 거기에는 이롭고 유용한 면이 있었기에 많은 교사들이 그 숙제를 선호했다고도 할 수 있습니다. 레진 드탕벨은 필사할 때 우리의 감각이 어떻게 깨어나는지를 다음과 같이 묘사합니다.

사실 다시 베껴 쓰지 않으면 자기 것으로 만들 수 없다. 그리고 종이 위를 가볍게 스치는 부드러운 촉감, 얇은 종잇장을 손으로 스치며 느끼는 예리한 감촉은 정말 중요하다.

눈이 감길 정도로 눈부신 흰색의, 벨벳처럼 부드러운 감촉의 종이로 정성스럽게 제본된 공책들은 한 장 한 장 엄청난 감미로움을 느끼게 한다. 마치 양모나 융단, 스펀지를 만지는 것 같은 기분 좋은 느낌이다. 우리가 진짜 편안히 누울 수 있는 침대처럼 말이다. — 레진 드탕벨, 『우리의 고통을 이해하는 책들』, 85쪽

이제 아름다운 두 편의 시를 손으로 필사하면서 시와 친해지는 시간을 가져 봅니다. 미리 준비한 마음노트에 직접 써 보세요.

영혼의 가장 맛있는 부분

- 다니카와 슌타로

하느님이 땅과 물과 햇빛을 주고

땅과 물과 햇빛이 사과나무를 주고

사과나무가 빨갛게 익은 열매를 주고

그 사과를 당신이 나에게 주었다.

부드러운 두 손으로 감싸서

마치 세계의 기원 같은

아침 햇살과 함께

한마디 말도 없었지만

당신은 나에게 오늘을 주고

잃어지지 않을 시간을 주고

사과를 가꾼 사람들의 웃음과 노래를 주었다.

어쩌면 슬픔까지도

우리 위에 펼쳐진 푸른 하늘에 숨은

그 정처 없는 것을 거슬러서

당신은 그런 식으로 자기도 모르는 사이에

당신 영혼의 가장 맛있는 부분을

나에게 주었다.

「영혼의 가장 맛있는 부분」의 필사가 끝나면 나에게 영혼의 가장
맛있는 부분, 소중한 부분을 주었던 이를 떠올리며 그 사람에 대해 잠시
생각해 봅니다.

기러기

착해지지 않아도 돼.

무릎으로 기어다니지 않아도 돼.

사막 건너 백 마일, 후회 따윈 없어.

몸속에 사는 부드러운 동물,

사랑하는 것을 그냥 사랑하게 내버려 두면 돼.

절망을 말해 보렴, 너의. 그럼 나의 절망을 말할 테니.

그러면 세계는 굴러가는 거야.

그러면 태양과 비의 맑은 자갈들은

풍경을 가로질러 움직이는 거야.

대초원들과 깊은 숲들,

산들과 강들 너머까지.

그러면 기러기들, 맑고 푸른 공기 드높이,

다시 집으로 날아가는 거야.

네가 누구든, 얼마나 외롭든,

너는 상상하는 대로 세계를 볼 수 있어.

기러기들, 너를 소리쳐 부르잖아, 꽥꽥거리며 달뜬 목소리로—

네가 있어야 할 곳은 이 세상 모든 것들

그 한가운데라고.

3부_내 마음의 무늬 읽기 131

시를 옮겨 적은 뒤에 어떤 느낌이 들었습니까?

어떤 시구가 가장 좋았는지 생각해 보고,

좋았던 이유를 간단히 적어 봅니다.

두 번째 시간 :
시인의 문장을 빌려서 표현하기

이 시간에는

글을 쓰면서 내가 정말 좋아하는 것에 대해 생각해 보는 시간을
가져 봅니다. 다른 사람에게 자신의 취향을 들려주듯 내가 좋아
하는 것들을 내게 들려주세요. 첫 번째 시간에 준비한 마음노트
와 필기구는 테이블 위에 잘 놓여 있지요? 이 시간은 폴란드 시
인 비스와바 쉼보르스카의 시를 리라이팅(rewriting)하면서 자기
를 표현하는 시간입니다.

나에게 나를 소개하기 ―
"나는 ~을 좋아하는 사람"

다른 사람들이 좋다고 하는 것을 따라하고 다른 사람들에게 좋아 보이는 직업을 선택하고 다른 사람들이 나를 이상하게 생각할까 봐 좋아하는 척하다 보면 내가 정말 뭘 좋아했는지 잊어버릴 수 있습니다. 노벨문학상 수상자인 폴란드 시인 쉼보르스카의 시를 읽으면서 정말 내가 좋아하는 게 무엇이었는지, 나는 어떤 사람이었는지 다시 생각해 보기로 합니다. 시를 따라 읽으며 나는 무얼 더 좋아하는 사람인지 곰곰이 떠올리다 보면 아주 먼 별에서 온 우주인만큼이나 내가 나에게 낯선 사람으로 보일지도 모릅니다.

다음 시를 서너 번 반복해서 읽어 봅니다. 모든 구절들이 다 이해가 되지 않아도 괜찮습니다. 공감이 가는 부분도 있고 조금 와닿지 않는 부분도 있지요? 그렇지만 시인이 삶에서 무엇을 소중하게 생각하는 사람인지는 이 한 편만으로도 충분히 알 수 있을 거예요.

선택의 가능성

— 비스와바 쉼보르스카

영화를 더 좋아한다.

고양이를 더 좋아한다.

바르타 강가의 떡갈나무를 더 좋아한다.

도스토옙스키보다 디킨스를 더 좋아한다.

인류를 사랑하는 나 자신보다

사람들을 사랑하는 나 자신을 더 좋아한다.

실이 꿰어진 바늘을 갖는 것을 더 좋아한다.

초록색을 더 좋아한다.

모든 잘못은 이성이나 논리에 있다고

단언하지 않는 편을 더 좋아한다.

예외적인 것들을 더 좋아한다.

집을 일찍 나서는 것을 더 좋아한다.

의사들과 병이 아닌 다른 일에 관해서 이야기 나누는 것을 더 좋아한다.

오래된 줄무늬 도안을 더 좋아한다.

시를 안 쓰고 웃음거리가 되는 것보다

시를 써서 웃음거리가 되는 편을 더 좋아한다.

사랑과 관련하여 매일매일을 기념하는 것보다는

비정기적인 기념일을 챙기는 것을 더 좋아한다.

나에게 아무것도 섣불리 약속하지 않는

도덕군자들을 더 좋아한다.

지나치게 쉽게 믿는 것보다 영리한 선량함을 더 좋아한다.

민간인들의 영토를 더 좋아한다.

정복하는 나라보다 정복당한 나라를 더 좋아한다.

의심을 가지는 것을 더 좋아한다.[4]

정리된 지옥보다 혼돈의 지옥을 더 좋아한다.

신문의 제1면보다 그림 형제의 동화를 더 좋아한다.

잎이 없는 꽃보다 꽃이 없는 잎을 더 좋아한다.

품종이 우수한 개보다 길들지 않은 똥개를 더 좋아한다.

내 눈이 짙은 색이므로 밝은 색 눈동자를 더 좋아한다.

책상 서랍들을 더 좋아한다.

여기에 열거하지 않은 많은 것들을

마찬가지로 여기에 열거하지 않은 다른 많은 것들보다 더 좋아한다.

숫자의 대열에 합류하지 않은

자유로운 제로(0)를 더 좋아한다.

기나긴 별들의 시간보다 하루살이 풀벌레의 시간을 더 좋아한다.

불운을 떨치기 위해 나무를 두드리는 것을 더 좋아한다.

얼마나 남았는지, 언제인지 물어보지 않는 것을 더 좋아한다.

존재, 그 자체가 당위성을 지니고 있다는

일말의 가능성에 주목하는 것을 더 좋아한다.

시인은 어떤 사람인 것 같습니까? 간단히 적어 봅니다.

시인이란?

쉼보르스카는 왜 "의심을 가지는 것을 좋아한다"고 말할까요? 어떤 일을 의심하는 것보다 확신을 가지는 게 더 좋을 텐데요. 그녀는 노벨문학상 수상 소감에서 모르겠다고 말하는 것, 의심과 의문을 가지는 것의 중요성에 대해 이렇게 말합니다.

'나는 모르겠어'라는 두 마디의 말을 나는 높이 평가하고 싶습니다. 이 말에는 작지만 견고한 날개가 달려 있습니다. 그 날개는 우리의 삶 자체를, 이 불안정한 지구가 매달려 있는 광활한 공간으로부터 우리 자신들이 간직하고 있는 깊은 내면에 이르기까지 폭넓게 만들어 줍니다. 만약 아이작 뉴턴이 '나는 모르겠어'라고 말하지 않았다면, 사과가 그의 눈앞에서 우박같이 쏟아져도 그저 몸을 굽혀 열심히 주워서 맛있게 먹어 치우는 것이 고작이었을 것입니다. — 쉼보르스카, 『끝과 시작』, 451~452쪽

뉴턴만 그랬던 건 아니지요. 쉼보르스카처럼 폴란드 출신인 마리아 퀴리가 '나는 모르겠어'라고 생각하지 않았다면, 그녀는 화학을 가르치는 가정교사로 평생을 살았을 겁니다. 그러나 그녀는 계속 '나는 모르겠어'를 되풀이했고, 새로운 물질 라듐을 발견했습니다. 나는 잘

알고 있지 않아, 나는 모르겠어. 아는 것에 대한 의심이 우리를 새로운 곳으로 들어서게 합니다. 과학자들이 실험실에서 의심과 의문을 갖는 사람들이라면, 시인은 일상에서 끊임없이 의심과 의문을 갖는 것의 중요성을 가장 잘 아는 사람입니다.

리라이팅

심보르스카의 시를 바탕으로
내가 '더 좋아하는' 것들에 대해 적어 봅니다.

선택의 가능성

.... 을 더 좋아한다.

.... 을 더 좋아한다.

.... 을 더 좋아한다.

.... 을 더 좋아한다.

.... 을 더 좋아한다.

.... 을 더 좋아한다.

.... 을 더 좋아한다.

.... 을 더 좋아한다.

'더 좋아하는' 것들을 쓴 뒤 어떤 기분이 드는지 생각해 봅니다.

선택의 가능성

− 이정민 님의 작품

나 자신을 바보로 만드는 농담을 더 좋아한다.

모두가 떠나가 버린 아침의 텅 빈 거실을 더 좋아한다.

사람에게 상처받더라도 사랑을 믿는 것을 더 좋아한다.

우리 엄마 우리 아빠를 더 좋아한다.

요리를 잘하는 나보다 유머를 잘하는 나를 더 좋아한다.

사람이 사람을 이해하는 것이 가능하다는 것을 보여주는 이야기를 더 좋아한다.

오래된 친구와 시답지 않은 이야기 나누는 것을 더 좋아한다.

훌륭한 사람의 평범함보다는 평범한 사람의 훌륭함을 더 좋아한다.

달리는 것보다 물속에서 헤엄치는 것을 더 좋아한다.

아직은 빛으로 가득 찬 천국보다 고통과 기쁨으로 둘쭉날쭉한 이승을 더 좋아한다.

이 시를 쓴 이정민 님은 삶을 얼룩무늬를 가진 말(馬)과 같은 것이라고 생각합니다. 그녀는 이렇게 말합니다. "제게 얼룩무늬란 뭐랄까? 잘 알고 있다고 생각하지만 막상 그리려고 하면 규칙성도 없고, 어떻게 생겼는지 잘 모르겠잖아요. 뭐 좀 어렵게 말하면 삶의 불가해성 같은 거?"

최근에 이정민 님은 자신과 자신의 역할에 대해 많은 생각을 한다고 합니다. "나는 언제나 나 자신이 고유한 존재라고 느끼는데 타인, 특히 가족들에게는 엄마나 아내와 같은 역할로만 인식되는 것이 아닌가 하는 생각들을 해요. 식구들이 나라는 사람 자체를 필요로 하는 건지, 아니면 어떤 역할, 예를 들면 음식 해줄 사람, 위로해 줄 사람, 짜증 받아 줄 사람 등으로서의 나를 필요로 하는 건지 속상할 때가 많아요. 저를 감정과 욕구가 있는 한 인간으로 보는 게 아니라 나한테 이런 걸 해줄 수 있는 사람, 그리고 그런 게 안 되면 화가 나게 하는 사람인 것 같더라구요."

'요리를 잘하는 나보다 유머를 잘하는 나를 더 좋아한다'는 시구에서 고유한 존재로 존중받기를 바라는 시인의 마음이 잘 느껴집니다.

아마도 생각했던 것보다 더 쉽게 자신의 첫 시를 완성하고

좋아하는 사람도 있고, 시를 쓰고 나서 어색한 기분이 드는 사람도

있을 겁니다.

쉼보르스카의 시를 한 편 더 리라이팅해 볼까요?

두 번째는 더 즐겁고 더 편안한 기분으로 쓸 수 있을 거예요.

한 개의 작은 별 아래서

- 비스와바 쉼보르스카

우연이여, 너를 필연이라 명명한 데 대해 사과하노라.

필연이여, 혹시라도 내가 뭔가 혼동했다면, 사과하노라.

행운이여, 내가 그대를 당연히 받아들이는 걸 너무 노여워 마라.

고인들이여, 내 기억 속에서 당신들의 존재가 점차 희미해진대
도, 너그러이 이해해달라.

시인이여, 매 순간, 세상의 수많은 사물들을 보지 못하고 지나친
데 대해 뉘우치노라.

지나간 옛사랑이여, 새로운 사랑을 첫사랑으로 착각한 점 뉘우
치노라.

먼 나라에서 일어난 전쟁이여, 집으로 꽃을 사 들고 가는 나를
용서하라.

벌어진 상처여, 손가락으로 쑤셔서 고통을 확인하는 나를 제발
용서하라.

지옥의 변방에서 비명을 지르는 이들이여, 이렇게 미뉴에트 CD
나 듣고 있어 미안하구나.

기차역에서 어디론가 떠나는 사람들이여, 새벽 다섯 시에 곤히
잠들어 있어 미안하구나.

막다른 골목까지 추격당한 희망이여, 용서해다오, 때때로 웃음

을 터뜨리는 나를.

사막이여, 용서해다오, 한 방울의 물을 얻기 위해 수고스럽게 달려가지 않는 나를.

그리고 그대, 아주 오래전부터 똑같은 새장에 갇혀 있는 한 마리 독수리여.

언제나 미동도 없이, 한결같이 한곳만 바라보고 있으니,

비록 그대가 박제로 만든 새라 해도 내 죄를 사하여주오.

미안하구나, 잘려진 나무여, 탁자의 네 귀퉁이를 받들고 있는 다리에 대해.

미안하구나, 위대한 질문이여, 초라한 답변에 대해.

진실이여, 나를 주의 깊게 주목하지는 마라.

위엄이여, 내게 관대한 아량을 베풀어달라.

존재의 비밀이여, 네 옷자락에서 빠져나온 실밥을 잡아 뜯은 걸 이해해달라.

영혼이여, 내 안에 자주 깃들지 못한다고 나를 질타하지 마라.

모든 것이여, 용서하라, 내가 동시에 모든 곳에 존재할 수 없음을.

모든 이여, 용서하라. 내가 각각의 모든 남자와 모든 여자가 될 수 없음을.

내가 살아 있는 한, 그 무엇도 나를 정당화할 수 없다는 걸 잘 알고 있느니.

왜냐하면 내가 갈 길을 나 스스로 가로막고 서 있기에.

언어여, 제발 내 의도를 나쁘게 말하지 말아다오.

한껏 심각하고 난해한 단어들을 빌려와서는

가볍게 보이려고 안간힘을 써가며 짜 맞추고 있는 나를.

우리는 누군가를, 혹은 무언가를 부르며 살아갑니다.

간절하게 부르기도 하고 무심코 부르기도 하지요.

우리가 부르면 금세 달려와 곁을 지켜 주는 존재가 있고 아무리 불러도

대답 없는 존재가 있습니다. 우리는 어떤 존재를 습관처럼 계속 부르기도

하고 어떤 존재는 단 한 번도 불러 본 적이 없습니다.

당신은 누구를, 무엇을 부르고 싶었지만 부르지 못했나요?

당신은 즐겁고 기쁜 순간에, 절망적이고 고통스러운 순간에

누구를 부르나요?

당신이 이 계절에, 이 순간에 문득 불러 보고 싶은 사람은 누구인가요?

....

.... 여, ...

.... 여, ...

.... 여, ...

.... 여, ...

.... 여, ...

.... 여, ...

.... 여, ...

작은 별 메아리

– 박소이 님의 작품

내 전공책들이여, 제대로 사랑한 적도 없이 권태로워져서 미안하다.

내담자여, 당신의 삶의 무게를 지기에 내 등이 좁아보여 미안합니다.

지나간 사랑이여, 너무 보고 싶지만 이 땅에서는 만나지 말자.

내 왼발이여, 부러지고 꿰매어진 오른발 몫의 수고를 시키고도 쓰다듬어주지 않아 미안하다.

외할아버지, 시인은 돈 못 번다고, 어린 내 꿈에 무안주던 당신이 그렇게 시를 썼다구요.
이제는 여기 없는 외로운 시인이여, 당신이 술냄새 풍기며 뽀뽀

하던 걸 싫어해서 미안합니다. 다음에 만나면 내가 먼저 안아줄게
요.

맨질한 외갓집 마룻바닥이여, 밟는 이 없는데 네 삐걱거림이 여
전히 들린다.

나라는 너여, 늘 너를 외롭게 해서 미안하다.
너를 안다면서 사실은 몰라서 미안하다.

이 시를 쓴 박소이 님은 어린 시절 100미터는 느려도 오래 달리기
는 자신 있는 아이였다고 해요. 남을 돕는 일을 하고 싶어서 NGO에
서 첫 사회생활을 시작했습니다. 사람의 마음에 대해 배우기로 마음
을 먹고 상담을 공부하기 위해 대학원에 진학했습니다. 학교 생활을
시작한 지 한 달쯤 되었을 때 발등뼈가 부러져서 목발과 친구가 되기
도 했다고 하네요. 지금은 "해 질 무렵 하늘 색을 볼 수 있고 건물 사
이로 관악산이 한 손만큼 보이는" 자신의 작은 방을 참 사랑한다고
합니다.

"글쓰기는 누구에게도 할 수 없는 말을 아무에게도 하지 않으면서 동시에 모두에게 하는 행위이다. 혹은 지금은 아무에게도 할 수 없는 이야기를, 훗날 독자가 될 수도 있는 누군가에게 하는 행위이다. 너무 민감하고 개인적이고 흐릿해서 평소에는 가장 가까운 사람에게 말하는 것조차 상상할 수 없는 이야기를. 가끔은 큰 소리로 말해 보려 노력해 보기도 하지만, 입안에서만 우물거리던 그것을…"

— 리베카 솔닛, 『멀고도 가까운』, 100쪽

세 번째 시간 :
'가나다라' 시 쓰기

이 시간에는

알파 포엠(Alpha Poem)의 방식을 활용해서 '나의 자화상'이라는 주제로 시를 써 봅니다. 두 번째 시간에는 내가 좋아하는 것들을 적어 보면서 나를 살펴보는 시간을 가졌습니다. 하지만 내 마음이 내가 좋아하는 것들로만 이루어진 것은 아니지요. 내 안에는 내가 혐오하는 것, 분노하는 것, 슬퍼하는 것, 혹은 뭔지 잘 모르겠는 것 등등 별의별 조각들이 다 있습니다. 세 번째 시간에는 글을 쓰면서 내가 어떤 사람인지 생각해 보도록 합니다. 이제 여러분의 마음노트에는 몇 편의 시가 담겨져 있겠지요.

타인의 자화상 보기

빈센트 반 고흐, 「붕대로 귀를 감은 자화상」, 1889

빈센트 반 고흐는 렘브란트와 더불어 자화상을 많이 그린 화가로 유명합니다. 서른일곱 살의 짧은 생애를 사는 동안 40여점이나 되는 자화상을 그렸습니다. 성직자로 살려는 꿈을 가지고 있었지만 그 꿈을 이룰 수 없게 되자 가난한 사람들에게 자기 재산을 모두 나눠 주고 자신은 고독한 화가가 되었습니다. 그의 자화상에는 자기 투영(self-projection)이 나타난다고들 합니다. 그가 여러 점의 자화상을 그리면서 자기 감정을 탐색하고 그림 속에 세계와 갈등하는 자기 내면의 고독과 불안을 표현했다는 것이지요.[5]

 이제 자화상에 대한 두 편의 시를 읽어 봅니다.

자화상

– 윤동주

산모퉁이를 돌아 논가 외딴 우물을 홀로 찾아가선 가만히 들여다봅니다.

우물 속에는 달이 밝고 구름이 흐르고 하늘이 펼치고 파아란 바람이 불고 가을이 있습니다.

그리고 한 사나이가 있습니다.
어쩐지 그 사나이가 미워져 돌아갑니다.

돌아가다 생각하니 그 사나이가 가엾어집니다. 도로 가 들여다보니 사나이는 그대로 있습니다.

다시 그 사나이가 미워져 돌아갑니다.
돌아가다 생각하니 그 사나이가 그리워집니다.

우물 속에는 달이 밝고 구름이 흐르고 하늘이 펼치고 파아란 바람이 불고 가을이 있고 추억처럼 사나이가 있습니다.

자화상

- 최승자

나는 아무의 제자도 아니며
누구의 친구도 못 된다.
잡초나 늪 속에서 나쁜 꿈을 꾸는
어둠의 자손, 암시에 걸린 육신.

어머니 나는 어둠이에요.
그 옛날 아담과 이브가
풀섶에서 일어난 어느 아침부터
긴 몸뚱어리의 슬픔이에요.

밝은 거리에서 아이들은
새처럼 지저귀며
꽃처럼 피어나며
햇빛 속에 저 눈부신 천성(天性)의 사람들
저이들이 마시는 순순한 술은
갈라진 이 혀끝에는 맞지 않는구나.
잡초나 늪 속에 온 몸을 사려감고
내 슬픔의 독(毒)이 전신에 발효하길 기다릴 뿐

뱃속의 아이가 어머니의 사랑을 구하듯

하늘 향해 몰래몰래 울면서

나는 태양에의 사악한 꿈을 꾸고 있다.

윤동주의 「자화상」과 최승자의 「자화상」을 읽고
가장 마음에 와닿는 행이나 연을 적어 봅니다.
혹시 마음을 불편하게 하는 시구가 있는지요? 그 시구가 마음에 드는
이유는 무엇인지, 혹은 마음에 들지 않는 이유는 무엇인지
찬찬히 생각하며 적어 봅니다.

'가나다라' 시 쓰기를 활용한 자화상

알파 포엠(Alpha Poem)은 알파벳의 글자들을 사용해서 쓰는 시입니다. A, B, C… 로 시작되는 단어들로 시를 쓰는 것이지요.

A – ancient love

B – beckons

C – come home to Love

D – decide, determine and decree

E – eternal, everlasting

F – forgiveness, and know that

G – goodness is my name in

H – heaven and in the hell

I, J, K … W, X, Y, Z.

오래된 사랑이

손짓하며 부른다

사랑에게로 돌아오라고

결심하고 결정하고 천명하라

영원하고 계속되는

용서를, 그리고 인식하라

선함은 나의 이름이라는 것을

천국에서도 지옥에서도

I, J, K … W, X, Y

'가나다라' 시 쓰기는 알파 포엠을 응용한 시 쓰기입니다.

'가', '나', '다', '라'… 로 행의 첫 부분을 시작하면서 시를 쓰는 것입
다. 쉽고 재미있으면서도 자기의 생각들을 놀라울 정도로 잘 표현할
수 있습니다.

침묵하는 자화상

가장 어렵다. 내가 정말 원하는 것이 무엇인지 찾는 일이.

나는 무명 가수다.

다 노래할 수 있었다.

라, 라푼젤이라는 노래를 만든 적이 있었다.

마치 나에게 노래는 나만의 탑에서 세상으로 데려다주는 긴 머리

바람 속의 촛불처럼 흔들리며 나는 사람들에게 다가갔다.

사랑하는 사람을 찾으러.

아름다운 시간, 나는 그 시절 잠깐 빛났고 예뻤다.

자리, 당신이 있던 곳이 내 자리라고 믿었다.

차가운 눈물이 오선지에 떨어진다. 슬픈 음표들처럼

카메라 속의 필름처럼 나는 다 기억할 수 있는데…

타오르는 불꽃들이 우리 사이에 있었는데

파랑처럼 나는 지금 차갑다.

하늘 아래 회색의 길들, 나는 아직 조용히 서서…

먼저 나에 대해 떠올려 봅니다.

'가', '나', '다'… 로 시작하는 단어들을 사용해서

나의 자화상을 시로 써 봅니다.

지금 이 순간의 느낌이나 요즘 자신의 기분, 자신이 보낸 하루의 일과에

대해서 써도 좋습니다. 다른 글자들에 비해 '라'나 '카'로 시작되는

단어들은 찾기가 쉽지 않을 거예요.

그 경우 두음법칙을 적용하거나 조금 비슷한 음운으로 시작하는 것도

괜찮고 외래어를 선택해도 좋습니다. 예상하지 못했던 재미있는 시구

속에서 자기를 발견할 수 있습니다.

시의 제목은 시를 다 쓴 다음에 붙입니다.

....

가 ....

나 ....

다 ....

라 ....

마 ....

바 ....

사 ....

아 ....

자 ....

차 ....

카 ....

타 ....

파 ....

하 ....

그런데 만약

– 이한솔 님의 작품

가명을 쓰는 사람들의 모임에 갔어

나는 이름이 없었지, 얼굴을 들킨 삐에로처럼 아무 말도 못하고

다만

라디오의 볼륨을 높였을 뿐

마지막 노래가 나오기를 서성거리며 기다릴 뿐. 그런데

바흐의 음악이 흐르고 있었어

사람들은 잔을 부딪치다 말고 고개를 돌려 여기를 봐

아름다움이란 이런 것

자전거에 올라 내려다보는 강물 속

차가운 수면 위로 음악처럼 떠오르는 얼굴을 기다리거나

카레를 먹다가, 죽은 친구를 떠올리는 일

타성에 감긴 목소리들은 작아지다가 사라져가고

파리한 얼굴들만 남아있다

하, 기억나지 않는 이름들

이 시를 쓴 이한솔 님은 "닿을 수 없는데도 닿으려고 하는 몸짓들은 우리를 더욱 사랑스럽게 만든다"고 말합니다. 진짜 이름은 숨긴 채 가명으로 만나는 사람들처럼 우리는 서로에 대해 종종 정직하지 못합니다. 그렇지만 그게 꼭 속이려는 마음에서 나온 것은 아닐 수도 있습니다. 아직 나의 이름이 없다고 느끼기 때문에 임시로 가짜 이름을 쓰는 것인지도 모릅니다. 그러나 정확한 이름으로 부를 수는 없어도 어느 순간 누군가의 얼굴이 환하게 드러나는 순간이 있어요. 이 시에 대해 질문하자 시인은 '나는 이런 사람이고 당신은 이런 사람입니다'라는 일면적인 규정이 없이 "내가 만난 얼굴 혹은 내가 만날 얼굴들에 만남의 아름다움이 있다고 생각한다"고 이야기합니다.

완성된 시를 소리 내어 읽어 봅니다.

시를 쓰고 나서 어떤 기분이 드나요?

나 자신에 대해서는 어떤 마음이 듭니까?

네 번째 시간 :
전력질주를 활용한 글쓰기

이 시간에는

자기 마음을 들여다봅니다. 마음의 공간을 우주의 어디엔가 있는 작은 별처럼 상상합니다. 그리고 그 별의 모습은 어떠한지, 그 별에서 나와 함께 지내온 것들로는 무엇이 있는지 생각해 보고 짧은 글을 씁니다. 글을 쓴 다음에 자기 마음의 풍경을 찬찬히 살펴봅니다. 마음노트, 필기구와 함께 알람 기능이 있는 시계를 준비합니다. 네 번째 시간은 전력질주 하듯이 글을 써 보는 시간입니다.

마음의 별 찾아가기

캐나다의 소설가 로버트슨 데이비스는 이렇게 말한 적이 있습니다. "훌륭한 건축물을 아침 햇살에 비춰 보고 정오에 보고 달빛에도 비춰 보아야 하듯이 진정으로 훌륭한 책은 유년기에 읽고 청년기에 읽고 노년기에 또다시 읽어야 한다." 생텍쥐페리의 『어린 왕자』가 바로 그런 책입니다. 많은 사람들이 청소년기에 이 책을 처음 읽었지만 언젠가 다시 읽게 되지요.

이 책은 철학자들의 애독서이기도 합니다. 마르틴 하이데거는 당신의 애독서가 뭐냐고 질문하는 『렉스프레스』(L'Express)의 기자에게 『어린 왕자』를 추천하며 이 책을 20세기에 쓰인 가장 위대한 실존주의 저술 중 하나로 꼽았다고 합니다. 하이데거는 1949년 독일어판 『어린 왕자』에 발문을 쓰기도 했습니다.

> 『어린 왕자』는 어린이를 위한 책이 아니다. 『어린 왕자』는 모든 고독을 달래 주고, 세상의 장엄한 신비를 이해하게끔 인도하는 위대한 시인의 메시지이다.[6]

인간은 관계의 매듭에 지나지 않아.

인간에게 중요한 것은 오직 관계들뿐이거든.

— 생텍쥐페리, 『전시조종사』

(메를로퐁티, 『지각의 현상학』, 681쪽에서 재인용)

내 마음이 살았던 작은 별에서 떠나온 지 꽤

오래되었습니다. 생텍쥐페리의 아름다운 동화 『어린

왕자』를 잠시 떠올려 보세요. 어린 왕자가 살던 작은 떠돌이별에는 세

개의 화산구와 양 한 마리가 들어갈 만한 종이상자, 그리고 가시가

네 개 달린 장미꽃 한 송이가 있었습니다. 해 질 녘이면 어린 왕자가

앉아서 노을을 바라보던 작은 의자도 있었지요. 가끔 바오밥나무 씨앗이

바람에 날리면 어린 왕자는 거대한 바오밥 뿌리로 작은 별이 망가질까

봐 근심하며 나무의 싹을 제거하러 다니기도 했습니다. 그러다 어린

왕자는 작은 별을 떠나 긴 여행을 시작하지요. 그는 여러 별들을

방문하고 지구의 사막에 불시착해서 야간비행사와 만나기까지 우주의

아주 먼 곳을 날아왔습니다. 어린 왕자가 작은 별로 다시 돌아가려면

빛의 속도로 여행해야 합니다.

내 마음에는 작은 별이 하나 떠돌고 있습니다. 오래도록 그 별이 있다는 것도 까맣게 잊고 있었지만 그곳은 내게 익숙한 공간입니다. 그곳에 있었던 것을 떠올려 봅니다. 떠오르는 사물들, 존재들의 목록을 적어 보세요. 이번 시간에는 자기 별로 돌아가려는 어린 왕자의 마음이 되어 빠른 속도로 글을 써 봅니다.

어린 왕자의 소행성	나의 소행성
장미	....
양	....
의자	....
종이 상자	....
바오밥나무 씨앗	....
	그 밖에도
	....
	....
	....
	....

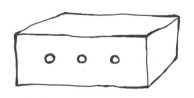

"이건 상잔데, 네가 바라는 양은 그 안에 있다"

......

"양이 작은 나무를 먹는다는 게 사실이지?"

"그래. 사실이야."

"그럼 됐네!"

양이 작은 나무를 먹는 게 왜 그렇게 중요한지 나는 알 수가 없었다. 그렇지만 어린 왕자는 덧붙였다.

"그럼 당연히 바오밥나무도 먹겠네?"

......

"바오밥나무도 크기 전에는 조그마할 것 아니야?"

— 생텍쥐페리, 『어린 왕자』, 28~29쪽

어린 왕자의 별에는 양이 필요합니다. 바오밥나무 씨앗 때문이죠. 바오밥나무는 처음에는 아주 작지만 점점 커져서 별 전체를 뒤덮어 버립니다. 나무는 거대한 뿌리로 구멍을 팝니다. 그래서 나무가 다 자랄 때쯤이면 별은 폭발하겠지요. 그렇지만 양이 있으면 바오밥나무가 아주 작을 때 풀잎처럼 먹어 치울 수 있어요. 그래서 어린 왕자는 비행사에게 양을 하나 그려 달라고 요청한 것입니다.

　내 마음의 별에도 어디선가 날아온 슬픔의 씨앗이 있습니다. 그 슬픔이 너무 크게 자라면 바오밥나무처럼 됩니다. 그러기 전에 조그만 나무를 먹어 치울 양이 내 별에도 있는지요?

나의 소행성에 있는 것들에 대한 목록을 적었으면 마음노트를 펼쳐 조금 빠른 속도로 이것들에 대해 7분간 씁니다.
쉬지 않고 생각나는 대로 씁니다. 멈추지 않고 나의 별로 힘껏 날아가는 기분으로 씁니다. 문법적으로 정확한 표현을 쓰려고 애쓰지 말고 홀가분하게 써 내려갑니다.

　나의 소행성에는

....

....

....

....

....

📝 글을 쓴 후에는 1분간 가만히 몸과 마음을 가다듬습니다. 그런 다음 자기가 쓴 글을 천천히 읽어 내려갑니다.

✏️

글을 쓴 느낌이 어떻습니까? 글을 완성한 후 가장 내 마음에 남는 사물, 기분이 좋아지는 사물, 혹은 낯설게 느껴지는 사물, 마음을 불편하게 하는 사물은 무엇입니까?

....

....

....

....

....

....

어린 왕자가 사는 별의 이름은 '소행성 B-612'입니다. 내 별의 이름은
무엇입니까? 아직 이름이 없다면 지금 지어 보세요.

내 별의 이름은 ....

왜 그 별의 이름을 그렇게 붙였습니까? 이유를 짧게 적어 봅니다.

....

....

....

....

나는 어린 왕자가 살던 별이 소행성 B612라고 믿을 만한 상당한 이유를 갖고 있다. 그 소행성은 1909년에 터키 천문학자가 망원경으로 한 번 보았을 뿐이다. 그는 그때 국제 천문학 총회에서 그가 발견한 것에 대한 굉장한 증명을 해보였다. 그러나 그의 옷 때문에 그의 말을 믿는 사람은 하나도 없었다. 어른들이란 그 모양인 것이다.…

— 『어린 왕자』, 23쪽

더 깊이 생각하기

분석심리학자 마리-루이제 폰 프란츠는 어린 왕자가 생텍쥐페리의 마음속에 있는 내면 아이(inner child)를 형상화한 것이라고 말합니다. 프란츠에 따르면, 어린 왕자가 살던 소행성은 유년의 공간을 의미합니다. 이 작은 별에 피어 있는 장미는 어머니의 이미지이고 활화산 두 개는 어머니의 가슴을 표현한 것입니다. 그래서 어린 왕자의 여행은 어머니, 즉 사랑하는 존재로부터 떠나는 것이고 이 떠남을 통해 하나의 독립적인 존재로 성장한 후 다시 사랑하는 사람과 성숙한 관계를 맺기 위해 별로 귀환하는 것입니다. 어린 왕자가 여행 중에 여섯 개의 소행성을 방문하면서 만난 왕, 허영쟁이, 술꾼, 사업가, 점등인, 지리학자의 별은 아이의 눈으로 바라보는 어른들의 모습이기도 하지만 우리의 자아가 가지고 있는 여섯 가지 측면이기도 합니다. 우리는 어린 왕자를 따라 여행하며 자기 안에 있는 왕의 모습에서 지리학자의 모습에 이르기까지 살펴보면서 성숙한 존재로 변화해 갈 수 있습니다.[7]

장미는 고대 그리스에서 비너스와 에로스의 제의에 사용되던 꽃이었습니다. 기독교에서는 동정녀 마리아와 천상의 사랑을 상징하는 꽃이었지요. 장미는 열정적인 사랑과 고귀한 사랑이라는 두 가지 의미를 다 지니고 있는 것입니다. 어떤 종류의 사랑을 상징하든 장미는 아름답습니다. 그렇지만 이 꽃에는 가시가 있지요. 중세의 한 시인은 장미를 노래하며 "그래서 사랑의 기쁨들에는 아픈 가시가 꼭 있다"고 탄식합니다(마리-루이제 폰 프란츠, 『영원한 소년과 창조성』, 92쪽).

파울 클레, 「장미정원」, 1920

"나였던 그 아이는 어디 있을까,

아직 내 속에 있을까 아니면 사라졌을까?"

- 파블로 네루다, 『질문의 책』, 95쪽

다섯 번째 시간 :
푼크툼으로 나를 이해하기

이 시간에는

내가 쓴 글과 다른 사람의 글을 함께 활용해서 다시 나를 표현해 보는 콜라주 작업을 준비합니다. 먼저 네 번째 시간에 쓴 「나의 소행성에는」을 다시 정서하고 나서 세 편의 시를 꼼꼼하게 읽어 봅니다. 그리고 시들을 읽으면서 푼크툼(Punctum), 즉 내 마음을 찌르는 단어들을 찾아 봅니다.

나의 글 옮겨 쓰기

네 번째 시간에 쓴 글 「나의 소행성에는」을 컴퓨터로 타이핑합니다.
글자 크기는 10포인트로, 줄간격은 180%로 맞춥니다. 문장을 조금
변형해도 괜찮고 전력 질주하느라 틀린 글자는 수정해도 좋습니다.

타이핑한 내용을 프린터로 출력해 둡니다. 컴퓨터로 타이핑하기 어려울
경우, 노트나 종이에 「나의 소행성에는」을 깨끗하게 정서합니다.

나를 찌르는 단어 찾기

우리는 사진을 보거나 글을 읽으면서 감동을 받는 때가 있습니다. 그런데 그 감동이 내 개인적 울림보다 내가 가진 교양과 더 밀접한 연관이 있는 경우가 많습니다. 가령 소방관이 불속에 뛰어들어 아기를 구하는 사진을 본다고 해보세요. 그 장면은 아름답고 감동을 주지만 그것을 나만 느낀다고 할 수는 없습니다. 그것은 어린 생명을 구하기 위해 자신의 위험을 불사하는 인간의 숭고한 책임감에 대한 보편적 감동이며, 그런 종류의 감동은 우리의 윤리감과 교양에 근거하고 있고 작가의 의도가 드러나는 부분이기도 합니다. 프랑스의 문학비평가 롤랑 바르트는 작품에서 이런 감동을 불러일으키는 요소를 '스투디움(Studium)'이라고 부릅니다.

그런데 이런 종류의 감동과 달리, 책이나 사진, 그림에서 오직 내 마음만을 콕 찌르는 단어들이나 표현들, 사물들, 유달리 내게만 각별한 호소력을 갖는 요소들이 있습니다. 바르트는 이것을 스투디움과 구별해서 '푼크툼(Punctum)'이라고 부릅니다. 푼크툼은 라틴어로 뾰족한 도구로 찌르는 것, 찔러서 작은 구멍이나 흠을 내는 것을 말합니다. 이런 것들은 작가의 의도와 무관하게 작품에서 디테일하고 사소하고 부분적인 것일 경우가 많지만, 내게는 마치 화살처럼 날아와 꽂혀서 나를 찌르고 물들여서 마음속에 내내 남는 것들이지요. 이 때문에 어떤 작품을 보고 거기서 나의 푼크툼을 이야기하는 것은 스스로 의식하지 못했던 내 모습을 잘 보여 줍니다.

> "푼크툼의 예를 보여 준다는 것은 어떤 방식으로 내 자신을 드러 내는 일이다."[8]

다음의 시 세 편을 읽으면서 내 마음에 울림을 주거나 마음을 콕 찌르는 시어들 및 시구들을 연필로 표시합니다.

자장가

– 라이너 마리아 릴케

누군가 노래불러 잠재우고 싶다,

언제나 그 곁에 앉아 있고 싶다.

너를 어르며 조용히 노래하고

자나깨나 같이 있고 싶다.

지난밤이 추웠음을 아는,

이 집에서 단 한 사람이고 싶다.

네 가슴과 이 세상과 숲에

가만히 귀 기울이고 싶다.

시계들은 종을 쳐서 서로를 부르고

사람들은 시간의 바닥을 본다.

저 아래 아직 낯선 사나이 하나 지나며

낯선 개의 잠을 깨운다.

그 뒤엔 적막. 네 몸에

나의 눈을 크게 얹으며

그 눈은 너를 부드럽게 잡았다 살며시 놓아준다,

어둠 속에서 무언가가 움직일 때면.

나는 이런 사람

- 자크 프레베르

나는 이런 사람

나는 이렇게 태어났지

웃고 싶으면

그래 큰 소리로 웃고

날 사랑하는 이를 사랑하지

내가 사랑하는 사람이

매번 다르다 해도

그게 어디 내 잘못인가요

나는 이렇게 태어났는데

당신은 더 이상 무엇을 바라나요

이런 내게서

나는 하고 싶은 대로 하도록 태어났지

그리고 바꿀 것도 하나도 없지

내 발뒤꿈치가 너무 높이 솟았고

내 몸이 너무 휘었고

내 가슴이 너무나도 거칠고

내 눈이 너무 퀭하여도

아무리 그래도

당신이 그걸 어쩌겠어요

나는 이런 사람

나는 내 마음에 드는 사람이 좋아

당신이 그걸 어쩌겠어요

결국 내가 할 수 있었던 것은

그래 누군가를 사랑했었지

누군가 날 사랑했었지

어린아이들이 서로 사랑하듯이

오직 사랑밖에 할 줄 모르듯이

서로 사랑하고 사랑하듯이…

어째서 내게 묻는 거지요

난 당신을 즐겁게 하려고 이렇게 있고

그리고 아무 것도 바꿀 것은 없는데

"이 집에는 아무도 살지 않아요…"

— 세사르 바예호

"이 집에는 아무도 살지 않아요"라고 너는 내게 말한다. "다 가버렸어요. 응접실, 침실, 정원에는 인적이 없습니다. 모두가 떠나버려서 아무도 없지요."

나는 네게 이렇게 말한다. 누가 떠나버리면, 누군가가 남게 마련이라고. 한 사람이 지나간 자리는 이제 아무도 없는 곳이 아니라고. 그저 없는 것처럼 있을 뿐이며, 아무도 지나가지 않은 곳에는 인간의 고독이 있는 것이라고. 새로 지은 집들은 옛날에 지은 집보다 더 죽어 있는 법. 담은 돌이나 강철로 된 것이지 인간의 것이 아니기 때문이지. 집을 짓는다고 그 집이 세상에 존재하는 것은 아니다. 그 집에 사람이 살 때에야 비로소 세상에서 존재하는 것이다. 집이란, 무덤처럼, 사람들이 머무르는 곳이기 때문이지. 이것이 바로 집과 무덤이 너무너무 똑같은 점이지. 단, 집은 인간의 삶으로 영양을 취하는 데 반해서, 무덤은 인간의 죽음으로 영양을 취한다는 게 다른 거다. 그래서, 집이 서 있고, 무덤은 누워 있는 법.

모두들 집에서 떠났다는 것은 실은 모두들 그 집에 있다는 것. 그렇다고 그들의 추억이 그 집에 남은 게 아니라, 그들 자신이 그 집에 있는 것이다. 그러나, 그들이 실제로 그 집에서 산다는 말은 아니지. 집으로 인해 사람들이 영속할 수 있다는 것일 뿐. 집에서 각자 맡았던 일, 일어났던 일 같은 것은 기차나 비행기, 말 같은 것을 타고 떠나거나, 걸어가버리거나, 기어서라도 떠나버리면 없어지지만, 매일매일 반복해서 일어나던 행동의 주인이었던 몸의 기관은 그 집에 계속 남는 법. 발자취도 가버렸고, 입맞춤도, 용서도, 잘못도 없어졌다. 집에 남아 있는 건, 발·입술·눈·심장 같은 것. 부정과 긍정, 선과 악은 흩어져버렸다. 단, 그 행동의 주인만이 집에 남았을 뿐.

앞의 시들을 읽으면서 내 마음을 찌른 단어들을 찾아서 적어 봅니다.

나의 푼크툼은

....

....

....

....

이것들은 왜 나를 찌르나요?

....

....

....

....

....

여섯 번째 시간 :
시 콜라주로 나를 표현하기

이 시간에는

내가 쓴 글과 다른 사람의 글을 함께 활용하여 나를 표현해 보는
콜라주 작업을 합니다. 이번 시간에는 마음노트, 필기구와 함께
가위와 풀, 색지도 준비합니다. 다섯 번째 시간에 정서해 둔 「나
의 소행성에는」과 세 편의 시에서 고른 푼크툼의 시어들이 콜라
주의 재료가 됩니다. 콜라주 작업 시간은 20~30분이 좋습니다.
깊이 고민하기보다 마음 가는 대로 단어를 골라서 오리고 붙이
면 의외로 아름다운 시 한 편이 완성됩니다.

내 마음의 콜라주

미술에서는 다른 그림의 일부나 다른 사물의 조각들을 함께 붙여 새로운 작품을 만드는 것을 콜라주(collage)라고 합니다. 콜라주는 프랑스어로 '풀로 붙이다'라는 뜻을 가진 동사 '콜레(coller)'에서 온 말입니다. 20세기 초 입체파 화가 파블로 피카소와 조르주 브라크가 캔버스에 신문지나 나뭇결 무늬의 벽지조각, 차표, 상표 등을 찢거나 오려 붙이면서 시작되었습니다. 막스 에른스트, 리처드 해밀턴 등의 화가들도 콜라주 기법을 즐겨 사용했지요. 앙리 마티스는 말년에 지병으로 병실에 있는 시간이 길어지자 침상에서 색종이를 오려서 강렬한 색채의 콜라주 작품을 만들었습니다. 「왕의 슬픔」, 「이카루스」, 「폴리네시아 바다」와 같은 작품들은 지금도 많은 사람들의 사랑을 받고 있습니다.

문학에서는 다다이스트와 초현실주의자들이 피카소와 브라크의 영향을 받아 언어 콜라주 작업을 하기 시작했습니다. 다다이스트 시인 트리스탕 차라는 신문기사의 단어들을 오려서 자루에 넣고 흔든 다음 자루 밖으로 튀어나온 순서대로 단어들을 이어 붙여서 시를 만들었습니다. 앙드레 브르통이 쓴 「초현실주의 선언」에서는 "신문에서 잘라 낸 표제와 표제의 단편들을 가능한 한 무작위로 결합하여 얻어 낸 것"에 시라는 이름을 붙일 수 있다고 선언했지요(앙드레 브르통, 『초현실주의 선언』, 111쪽). 신문뿐만 아니라 자신이 좋아하는 산문이나 시들에서 마음에 드는 단어들을 선택하여 새로운 콜라주 시를 만들 수도 있습니다.

2009년 노벨문학상을 수상한 헤르타 뮐러는 콜라주 기법으로 작품 활동하는 대표적인 작가입니다. 그녀는 루마니아 태생으로 30대 중반에 독일로 망명하기 전까지 차우셰스쿠 정권하에서 혹독한 감시와 검열을 겪었습니다. 그녀는 신문이나 잡지에서 단어들을 오려서 상자에 넣어 두었다가 이후에 단어 조각들을 꺼내서 그것들을 이어 붙이는 식으로 글을 썼습니다. 노벨상 수상 연설문에서 이런 말을 했습니다(헤르타 뮐러, 「모든 낱말은 악순환에 대해 알고 있다」, 『문학동네』 62호).

> "말로는 표현할 수 없는 것을 글로 쓸 수는 있습니다. 글을 쓰는 것은 무언의 행위, 머리에서 손으로 직행하는 일이기 때문입니다. … 삶의 욕구는 낱말의 욕구였습니다. 오직 낱말의 소용돌이 만이 내 상태를 표현할 수 있었습니다. 낱말의 소용돌이는 입으로 말할 수 없는 것을 글로 표현해 냈습니다."

이전 시간에 읽었던 세 편의 시들을 필사하거나 타이핑해서 출력합니다. 타이핑할 경우 오려 붙이기가 용이하도록 글자 크기를 10포인트 이상, 줄간격을 180% 이상으로 둡니다. 서체는 자유롭게 선택해도 좋습니다.

이 시 세 편과 이전 시간에 따로 출력해 둔 「나의 소행성에는」에서 마음에 드는 시어들을 골라 오려 둡니다. 지난 시간에 골라 둔 푼크툼의 시어들이나 시구들은 반드시 포함시키도록 합니다. 꼭 네모반듯하게 오릴 필요는 없습니다.

오려 둔 시어들을 풀로 붙일 바탕지를 마련합니다. 어느 정도 두께감이 있는 색지를 사용하면 작업하기 쉽습니다. 바탕지가 마련되면 한 편의 시가 되도록 단어 조각들을 풀로 붙여서 콜라주 시 작품을 완성합니다.

콜라주 시를 쓰고 나서 어떤 느낌이 듭니까? 나의 콜라주 시에서 어떤 부분이 마음에 드나요? 혹시 마음에 걸리는 부분이 있습니까? 왜 그런지 간단히 적어 봅니다.

박소이 님의 작품

자기 글로 콜라주하기

소설가 애니 딜러드는 이렇게 말합니다.

> 강하게 밀어붙이라. 모든 것을 열심히, 가차 없이 조사하라. 예술
> 작품 속의 모든 대상을 조사하고 파헤쳐라. 마치 다 이해한 것처
> 럼 그것을 내버려두고 지나가지 말라. … 자코메티의 드로잉과
> 그림은 자신이 느끼는 당혹감과 끈기를 보여준다. 자신의 당혹
> 감을 인정하지 않았다면 그는 지속적인 생명력을 얻지 못했을
> 것이다. ― 애니 딜러드, 『작가살이』, 128쪽

 전문 작가들도 자신이 쓴 작품에서 왜 자신이 그런 표현을 썼는지
의아해하고 당황합니다. 작품을 뚫어져라 바라보고 각각의 단어를
다르게 표현할 수 있는지 실험해 보고 계속 고쳐 가는 과정을 통해
그들은 자기 작품에 놀라운 생명력을 부여합니다. 내 마음이 정말 무
엇을 말하고 싶은지 알기 위해서 우리도 자신의 글을 계속 고쳐 보는
작업, 같은 주제로 다시 써 보는 작업이 필요합니다. 자기 글을 콜라
주하는 것은 독특한 고쳐 쓰기의 한 가지 방법입니다.

콜라주 기법으로 시뿐만 아니라 산문을 만들어 볼 수도 있습니다.

「나의 소행성에는」에 쓰인 단어들만을 오리고 붙여서

새로운 산문을 완성해 보세요. 자신이 썼던 문장과 단어들을

다시 마음 가는 대로 오리고 자유롭게 붙여 보면 그 글을 썼을 당시에는

분명하지 않았던 감정의 결들과 생각들이 선명해지는 것을

느낄 수 있습니다.

{ 너와 함께 }
: 우리의
마음을 말할 때

아, 어떤 식으로 이 작은 장미를 기록해야 할까?
갑자기 짙은 빨강의 장미, 신선한 장미가 보이지 않는가?
아, 장미를 찾아온 것은 아니지만
우리가 도착했을 때 장미가 거기 있었네.

장미가 거기 있기 전에는 아무도 장미를 기대하지 않았는데
장미가 거기 있었을 때 누구나 놀랐네.
출발하지 않은 것이 목적지에 도착한 것.
그런데 대체로 모든 일이 그렇지 않은가?

-베르톨트 브레히트,
「아, 어떤 식으로 이 작은 장미를 기록해야 할까」

"그는 충실하고 싶다

불확실한 명료함에"

— 즈비그니에프 헤르베르트, 「판 코기토와 상상」

◇ 당신에게 내 감정에 대해 더듬거리면서 말하다

『문학은 어떻게 내 삶을 구했는가?』의 저자 데이비드 실즈는 어린 시절 말을 더듬는 아이였습니다. 그런데 그는 말을 더듬는 버릇 때문에 작가가 되었다고 합니다. 그는 말더듬증을 소재로 『죽은 언어』라는 자전적인 소설을 쓰기도 했습니다. 일반적으로 사랑, 미움, 기쁨, 고통과 같은 감정들은 매우 강렬해서 사람들은 그 감정들을 어떻게 표현할지 별로 의식하지 않고서도 그것들을 쏟아냅니다. 그런데 실즈는 말을 더듬었기 때문에 그런 자연스러운 감정 표현이 어려웠습니다. 우리가 서툰 외국어로 자기 감정을 말하는 일이 어려운 것처럼 말이지요.

항상 있는 그대로의 감정을 먼저 인식하는 게 아니라 그 감정을 더듬지 않고 표현할 최선의 방법부터 생각하다 보니, 내게 감정이란 남들에게나 속하는 것, 세상의 행복한 소유물일 뿐 나로서는 솔직하지 않은 우회로를 거치지 않고는 소유할 수 없는 것이 되었다. ─ 데이비드 실즈, 『문학은 어떻게 내 삶을 구했는가?』, 14쪽

자기 감정을 말하는 일에 어떤 정보나 전문적 지식이 필요한 것은 아닙니다. 우리는 자신의 감정에 대해서는 자기가 최고의 전문가, 최고의 권위자라고 생각합니다. 감정을 숨기지 않고 솔직하게 말해도 되는 상황이기만 하다면 잘 말할 수 있다고 믿지요. 그래서 데이비드 실즈는 남들이 있는 그대로의 감정을 잘 말하는 순간에 자신은 오직 더듬거리지 않고 말하는 방법을 찾느라 충분히 말할 수 없었다고 합니다.

그러나 말을 더듬지 않는 사람들 역시 자기 감정에 대해 단호하게 표현했는데도 불구하고 자주 아쉬워합니다. 정확히 말했으나 충분히 전달되지 않은 무언가가 남아 혀끝을 맴돌고 있다는 느낌이 드는 것이지요. 소년 데이비드처럼 우리 역시 다른 사람들에게 더듬지 않고 말하는 데 신경 쓰느라 자기 감정을 충분히 들여다볼 여유가 없습니다. 많은 경우 감정의 복잡한 무늬들을 모두 지우고 가장 전달되기 쉬운 단순한 단어들로만 표현합니다. 우리의 풍부한 감정의 살들은 마음의 펄펄 끓는 솥에서 진하게 고아지고 있는데 빈약한 뼈다귀만을 들어 올리는 것이지요. '나는 슬퍼', '나는 고독해' 이런 말들은 뼈대만 남은 앙상한 말입니다. 어쩌면 감정을 제대로 표현한다는 것은 그 감

정에 대해 골똘하게 생각하고 충분히 더듬거리면서 말하는 것인지도 모릅니다. 우리는 천천히 더듬거리며 말할 때 작가가 됩니다.

◇ 문학, 더듬거릴 수밖에 없는 것들에 대해 말하기/쓰기

사람들은 자명한 것에 대해 말할 때에는 더듬거리지 않습니다. 때때로 우리는 더듬거리지 않기 위해 어떤 것이 자명한 것인 양 말합니다. 그런데 문학은 자명하다고 오해되는 것들, 가령 우리의 감정, 자아, 삶에 대해 '정말 그래?'라고 반문합니다. 문학은 자명하지 않은 것들에 대해 더듬거리면서 말합니다.

성공의 길이 보장되어 있다면, 성공까지는 아니더라도 가야 할 길이 분명하게 정해져 있다면 인생은 자명한 것이 됩니다. 이렇게 인생이 자명하다면 그것은 문학과 가장 거리가 먼 것이라고 생각하는 이들이 있습니다.

로리 무어의 최고 작품(이자 가장 저평가된 작품)인 반(反)소설 『애너그램』에서 주인공 베나 카펜터는 말한다. "문학의 유효한 주제는 하나뿐이다. 인생이 당신을 실망시킬 것이라는 사실." - 『문학은 어떻게 내 삶을 구했는가?』, 79쪽

인생이 실망스러울 때 우리는 노트를 펼치고 무언가 써 내려가기 시작합니다. 거의 모든 작품은 실망의 순간에 시작되거나 적어도 실

망의 순간을 향해 달려갑니다. 우리는 실망스럽고 난감한 사태에 대해 더듬거리면서 무언가 중얼거리고 이해하려고 애씁니다. 더듬거린다는 건 말을 더듬거리는 것이기도 하지만 갑자기 어둠 속에 던져진 한 사람이 상황을 이해하기 위해 손으로 주변을 더듬어 보는 것이기도 합니다. 암중모색(暗中摸索).

내 컴퓨터 화면 오른쪽 귀퉁이에는, 인정하건대 살짝 감상적인 데니스 존슨의 조언을 적어 놓은 오렌지색 포스트잇이 붙어 있다. **벌거벗은 자신을 쓰라. 추방된 상태의, 피투성이인.** ─『문학은 어떻게 내 삶을 구했는가?』, 50쪽

데이비드 실즈가 더듬거리고 더듬으며 쓰는 주제는 바로 피투성이의 자기입니다. 카프카는 자신의 불안감을 도려내기 위해서 일기를 썼다고 합니다. 자신의 상처로부터 예술 작업이 시작되었다고 말하는 것은 작가들뿐만이 아닙니다. 다른 장르의 예술가들도 비슷한 이야기를 합니다. 파울 클레는 "나는 울지 않기 위해 그린다"고 말했습니다.

그러나 예술가들이 상처 입은 마음으로 잔뜩 웅크리고 집에 숨어 있는 것만은 아닙니다. 그들은 여행을 떠나거나 여행을 떠나는 주인공을 작품에 등장시킵니다. 그들처럼 우리도 늘 떠나고 싶어합니다. 바로 다음과 같은 이유에서이지요.

고통은 수시로 사람들이 사는 장소와 연관되고, 그래서 그들은 여행의 필요성을 느끼는데, 그것은 행복을 찾기 위해서가 아니라 자신들의 슬픔을 몽땅 흡수한 것처럼 보이는 물건들로부터 달아나기 위해서다. ─ 『문학은 어떻게 내 삶을 구했는가?』, 87쪽

집을 떠난 이는 자신의 슬픔을 몽땅 흡수한 사물이나 사람을 망각하게 하는 낯선 것에 매혹됩니다. 그러나 떠나온 것들을 완전히 잊지는 못합니다. 노르웨이 극작가 헨리크 입센은 이탈리아에 있는 책상에 앉아 노르웨이에 대해 썼습니다. 아일랜드 소설가 제임스 조이스는 파리에 있는 책상 앞에서 고향 더블린에 대해서 썼지요. 우리는 늘 멀리 와서 우리가 떠나온 것에 대해 쓰곤 합니다. 그래서 어떤 사람들은 과거가 된다는 것은 예술이 된다는 것이라고 말하기도 합니다.

문학은 또한 사랑이나 죽음, 공허, 무의미에 대해 다루기를 좋아합니다. 이것들도 우리를 무척이나 더듬거리게 만드는 것들이지요. 『죽기 전에 봐야 할 1001편의 영화』 유의 책처럼 영화사를 빛낸 배우들을 다룬 『501 영화배우』는 버트 레이놀즈를 이렇게 소개합니다. "남성 섹스심벌, 남자다운 거친 외모, 털 많은 가슴, 근육질 몸매, 액션 영화의 주인공, 최정상의 흥행력, 할리우드의 불후의 스타, 작가, 제작자, 감독"(스티븐 제이 슈나이더, 『501 영화배우』, 427쪽). 1970~80년대에 미국 연예잡지들이 가장 섹시한 남자배우가 누구라고 생각하는지 물을 때면 사람들이 주저하지 않고 버트 레이놀즈라고 대답했을 만큼

그는 대중적인 배우였습니다. 그런 그가 남긴 유명한 말이 있습니다.

처음엔 '버트 레이놀즈가 누구야?'

다음엔 '버트 레이놀즈를 데려와.'

다음에는 '버트 레이놀즈 타입을 데려와.'

다음엔 '젊은 버트 레이놀즈를 데려와.'

그러고는 '버트 레이놀즈가 누구야?' 이렇게 되죠.

— 『문학은 어떻게 내 삶을 구했는가?』, 115쪽

"헛되고 헛되며 헛되고 헛되나니 모든 것이 헛되도다"라는 『전도서』의 할리우드 버전이라고 할 수 있습니다.

◇ 무엇을 어떻게 쓸 것인가

글을 써 보라고 하면 많은 이들이 독특한 일에 대해 써야 한다고 생각합니다. 물론 여러분의 시나 산문은 여러분을 남들과 다른 독특한 사람으로 만들어 줍니다. 그러나 그것은 남의 인생에서는 벌어진 적 없는 독특한 일을 쓰기 때문은 아닙니다.

우리를 구별하는 것은 우리에게 벌어지는 일이 아니다. 우리가 겪은 일은 대부분 상당히 비슷하다. 출생, 사랑, 못생기게 찍힌 운전면허증 사진, 죽음. 우리를 구별하는 것은 우리가 각자 자신에게 벌어지는 일에 대해서 어떻게 생각하느냐 하는 점이다. 나는 그 이야기를 듣고 싶다. ─ 『문학은 어떻게 내 삶을 구했는가?』, 151쪽

그러니까 각자 자신에게 벌어졌던 일을 쓰면 됩니다. 편안한 마음으로 쓰세요. 소설가 월터 애비시도 비슷한 조언을 합니다. "글쓰기에서 제일 중요한 한 가지는 다루는 소재에 대해 장난기 어린 태도를 유지하는 겁니다." 너무 진지해지면 오랫동안 추위에 떨어 꽁꽁 얼어붙은 손처럼 연필을 쥔 손이 잘 움직이지 않습니다. 아이오와 대학의 작가연수 프로그램은 좋은 작가들을 많이 배출했습니다. 이 프로그램의 기획자였던 폴 엥글도 동일한 조언을 합니다. 그는 이 프로그램의 전용 건물을 만든다면 그 입구에는 꼭 이런 문장을 새겨서 모든 작가들이 볼 수 있게 해야 한다고 이야기했습니다. "매사에 너무 심각하게 굴지 마시오."(파리 리뷰, 『작가란 무엇인가 3』 121쪽) 마음의 연필이 스르르 나갈 수 있도록 가벼운 마음으로 쓰세요. 원하는 대로 써지지 않았다면 얼마든지 다시 쓸 수 있습니다.

이 시간에는

집단 모임에서 사용할 내 별칭을 짓고 다른 사람들에게 나를 소
개하는 시를 씁니다. 전반부의 '나와 함께'에서는 혼자 조용히 나
를 들여다보았다면 이 시간부터는 누군가와 함께 작업을 해봅니
다. 함께하는 사람이 가까운 친구여도 좋고 조금 거리가 있는 사
람이어도 좋습니다. 평소에 알고 지내는 사람이지만 그의 마음
이 어떤지, 그가 자기 자신을 어떻게 느끼는지, 또는 나를 어떻게
생각하는지 잘 모르는 경우가 많습니다. 친한 사이라고 해도 지
금 이 순간 그가 어떤 마음인지 잘 모를 수도 있습니다. 이번 시
간에는 자기소개시를 쓰면서 서로에 대해 가지고 있던 생각과
느낌을 나눕니다.

별칭 짓기

함께하는 친구들이 서로를 부를 때 사용할 별칭을 짓습니다. 모두 평상시에 사용하는 이름이 있지만, 그 이름은 내 마음의 무늬를 드러내주지 못하지요. 내 마음을 잘 알아주는 이가 지어 준 별칭을 써도 좋고, 내가 다른 사람에게 불렸으면 하는 별칭을 제시해도 좋습니다. 그동안 직접 쓴 글에서 별칭을 고르는 것도 좋은 방법입니다.

내 별칭은 ....

이 이름에는 이런 사연이 있습니다.

....

....

....

....

한 명씩 돌아가면서 각자 자기의 별칭을 말합니다.

그리고 그 별칭에 얽힌 이야기, 혹은 오늘 그 이름으로 불리고 싶은 이유를

들려줍니다. 지금부터는 별칭을 사용하여 서로를 부릅니다.

나를 소개하는 시를 쓰기 전에 시 두 편을 읽고 서로 느낌을

나눕니다.

나는

너무 삶은 시금치, 빨다 버린 막대사탕, 나는 촌충으로 둘둘 말린 집, 부러진 가위, 가짜 석유를 파는 주유소, 도마 위에 흩어진 생선비늘, 계속 회전하는 나침반, 나는 썩은 과일 도둑, 오래도록 오지 않는 잠, 밀가루 포대 속에 집어넣은 젖은 손, 외다리 남자의 부러진 목발, 노란 풍선 꼭지, 어느 입술이 닿던 날 너무 부풀어올랐다 찢어진

나는 오늘

나는 오늘 토마토
앞으로 걸어도 나
뒤로 걸어도 나
꽉 차 있었다

나는 오늘 나무

208 문학, 내 마음의 무늬 읽기

햇빛이 내 위로 쏟아졌다
바람에 몸을 맡기고 있었다
위로 옆으로
사방으로 자라고 있었다

나는 오늘 유리
금이 간 채로 울었다
거짓말처럼 눈물이 고였다
진짜 같은 얼룩이 생겼다

나는 오늘 구름
시시각각 표정을 바꿀 수 있었다
내 기분에 취해 떠다닐 수 있었다

나는 오늘 종이
무엇을 써야 할지 종잡을 수 없었다
텅 빈 상태로 가만히 있었다
사각사각
나를 쓰다듬어 줄 사람이 절실했다

나는 오늘 일요일

내일이 오지 않기를 바랐다

나는 오늘 그림자

내가 나를 끈질기게 따라다녔다

잘못한 일들이 끊임없이 떠올랐다

나는 오늘 공기

네 옆을 맴돌고 있었다

아무도 모르게

너를 살아 있게 해 주고 싶었다

나는 오늘 토마토

네 앞에서 온몸이 그만 붉게 물들고 말았다

메타포로 나를 표현하는 시 쓰기

시는 곧 메타포(은유)를 만드는 일이라고 생각한 시인이 있습니다.
칠레의 시인 파블로 네루다입니다. 네루다는 바다를 좋아해서 초록
색 잉크로 시를 쓰곤 했다고 합니다. 네루다를 주인공으로 한 안토니
오 스카르메타의 소설 『네루다의 우편배달부』에는 젊은 우편배달부
마리오와 시인이 메타포에 대해 대화하는 장면이 나옵니다. 시인이
풀이 죽어 있는 마리오에게 무슨 일이 있길래 전봇대처럼 서 있냐고
묻자 마리오는 반문합니다.

> "창처럼 꽂혀 있다고요?"
> "아니 체스의 탑처럼 고즈넉해."
> "도자기 고양이보다 더 고요해요?"

마리오가 계속 비유를 사용하여 말하자 시인이 불평을 하지요.

> "마리오, … 온갖 메타포로 나를 시험에 들게 하는 건 부당한 일
> 이야."
> "뭐라고요?"
> "메타포라고!"

"그게 뭐죠?"…

"대충 설명하자면 한 사물을 다른 사물과 비교하면서 말하는 방
법이지." — 안토니오 스카르메타, 『네루다의 우편배달부』, 27쪽

우리는 자신도 모르는 사이에 메타포를 써서 표현합니다. 그러니
까 시를 쓰는 일은 생각보다 어렵지 않습니다.

✎

나의 마음이나 상황을 은유적으로 표현한 시를 씁니다.
시간은 15~20분이 적절합니다. 쓰기를 먼저 끝낸 사람은 '도자기
고양이'처럼 고요하게 기다립니다.

나는

....

....

....

....

....

....

각자가 쓴 시를 참여원 수만큼 복사해서 서로 나눠 갖습니다. 또는
스마트폰에 그룹채팅방을 만들어 각자 자기가 쓴 시를 촬영하여
올립니다. 그런 다음 참여원들이 돌아가면서 자기가 쓴 시를 자기
목소리로 낭독합니다. 다른 사람들은 복사물이나 스마트폰에 사진으로
올라온 시를 보면서 경청합니다.

참여원들은 그 시가 주는 느낌이나 그 시를 읽으면서 떠오른 자신의
기억과 경험을 자유롭게 이야기합니다. 대화에서 소외되는 참여원이
없도록 서로 배려합니다. 시 한 편당 15~20분 동안 나눔을 진행하고,
이야기를 나눈 이후에 시인의 소감을 듣습니다.

시인의 소감을 들은 뒤에는 참여원 중 한 사람이 시인의 시를 다시
낭독합니다. 다른 사람의 정성 어린 낭독은 시인에게 좋은 선물이
됩니다.

나눔 활동에서 꼭 필요한 것, 하나

혼자 작업할 때와 다르게 나눔을 할 때에는 다른 사람의 이야기를 잘 경청하는 것이 매우 중요합니다. 경청 속에서 자기에 대한 이해도 깊어집니다.

> "말하기의 반대말은 듣기가 아니다. 말하기의 반대말은 기다림이다."(프란 레보비츠) 자네는 말을 하고 싶어서 내 이야기가 끝날 때까지 기다리고 있다는 느낌이 들어. 그래서 내가 하는 말에 진정으로 귀 기울이지 않아. 내가 바라는 건 그저 내 이야기를 들어 달라는 거야. 내 이야기를 마치면 그 다음 자네 이야기로 넘어가는 거지. … 이번엔 진짜 대화를 하려는 거니까.
> — 데이비드 실즈, 『인생은 한뼘 예술은 한줌』, 22쪽

나눔 활동에서 꼭 필요한 것, 둘

시를 나눌 때에는 서로에게 상처를 줄 수 있는 거친 표현은 피하도록
합니다. 늘 다른 사람을 배려하며 부드럽게, 그러나 정직하게 말하도
록 노력합니다. 함께 작품을 읽고 대화를 나누다 보면 참여원들에게
고마운 마음이 커집니다. 그러나 고마운 마음을 다정하게 표현하고
싶어서 무조건 칭찬을 할 필요는 없습니다. 조심스럽지만 정확하게
자신의 느낌을 말하는 것이 중요합니다. 동료들이 솔직한 느낌을 말
해 줄 때, 글쓴이에게 더 큰 성찰이 일어납니다.

> 앞뒤 가리지 않고 자정에 친구의 방문을 두드리고는 새로 쓴 글
> 에 대한 반응을 요구했던 게 기억난다. 그는 내 글이 마음에 들
> 지 않았기 때문에, 내가 수정액을 얼마나 세밀하게 사용했는가
> 에 대해 터무니없이 장황하게 칭찬을 늘어놓았다.
> ─『문학은 어떻게 내 삶을 구했는가』, 137쪽

여덟 번째 시간 :
사진과 함께하는 시 쓰기

이 시간에는

지금 다른 사람들과 함께 있는 이 공간 속에서 자기가 되어 보고 싶은 사물을 선택하여 몸으로 표현해 본 다음, 그것을 사진으로 찍고, 그 사물이 된 느낌을 시로 써 보는 활동을 합니다. 신체적 메타모르포시스 활동과 언어적 표현 활동을 함께 경험하는 시간입니다.

나는 ~이 되었어요

지금 다른 사람들과 함께 있는 공간을 둘러봅니다. 그 공간에 있는 사물들 하나하나를 눈여겨보세요. 그리고 그중에서 자신이 되고 싶은 사물을 마음속으로 하나 고릅니다. 식물이나 동물도 괜찮습니다. 각자 고른 사물이 무엇인지는 말하지 않도록 합니다.

선택한 사물을 보면서 자신의 몸으로 그 사물을 표현하려면 어떤 동작을 취해야 할지 3~5분가량 골똘히 생각합니다.

두 사람씩 짝을 이루어 그 공간의 적당한 곳으로 가서 선택한 사물을 몸으로 직접 표현합니다. 그리고 그 사물이 된 기분을 느껴 봅니다. 짝을 이룬 참여원들이 스마트폰으로 상대방의 모습을 찍어 줍니다.

다음 시를 읽고 제목에 들어갈 단어를 상상해 봅니다. 각자가 상상한 단어에 대해 서로 이야기를 나눕니다. 원래 시의 제목은 주석에 있습니다.[9]

.... 이/가 되었습니다

- 진은영

내 방이었습니다
구석에서 벽을 타고
올라갔습니다
천장 끝에서 끝까지
수십 개의 발로 기었습니다
다시 벽을 타고 아래로
바닥을 정신없이 기었습니다
이렇게 많은 다리를 가지고도
문을 찾을 수 없다니

밖에선 바퀴벌레의 신음 소리
아버지가 숨겨둔 약을 먹은 것입니다
어머니 내 책상 위에
아버지가 피운 모기향 좀 치우세요
시집 위에 몸 약한 날벌레들
다 떨어지잖아
동생 문 열고 들어옵니다
나는 문밖으로

재빨리 나가려고…

동생이 소리 질렀습니다

여기 또 있어

되기의 시 쓰기

자기가 몸으로 표현한 사물이 된 기분을 '(   )이/가 되었습니다'라는
제목의 시로 써 봅니다. 무엇이 되었는지는 앞서 읽은 시처럼 빈칸으로
둡니다.

..............................이/가 되었습니다

....

....

....

....

....

....

시가 완성되면, 시와 사진을 함께 스마트폰의 그룹채팅방에 올려서 공유합니다.

한 명씩 돌아가면서 자신이 쓴 시를 낭독하고, 다른 사람들은 공유한 사진과 시를 함께 보면서 경청합니다. 시인이 표현한 사물이 무엇일지 각자 예상해 봅니다.

낭독이 끝나면 예상한 제목들을 서로 이야기해 보고, 시인에게 제목을 확인합니다.

참여원들은 그 시인의 시가 주는 느낌에 대해 서로 이야기를 나누고, 그런 다음 시인에게 사물이 된 기분이 어떠하였는지 이야기를 듣습니다.

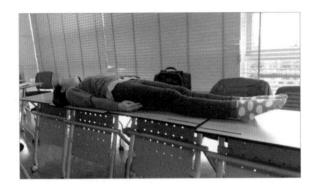

(   )이 됩니다.

- 문민주 님의 작품

　머리부터 발끝까지 한 가지 색의 가루를 뒤집어씁니다. 이 색은 평생 바꿀 수 없음을 참고합니다.

　같은 색의 다른 (   ) 옆에 일자로 눕습니다. 누군가가 들어 올리기 전까지 계속 같은 자세로 누워 있습니다.

　누군가 들어 올려 칠판에 문지르면 그 가루를 칠판에 묻힙니다.

그렇게 하여 적히는 글의 맞춤법이 틀렸거나 수식에 오류가 있어도 아무것도 하지 않습니다. 잘못된 각도로 칠판과 닿으면 귀에 거슬리는 소리가 나며 몸이 부르르 떨리게 되는데, 개의치 말아야 합니다.

가루를 다 잃으면 칠판에 글씨가 적히지 않기 때문에 칠판 한 구석에 내려놓이게 됩니다. 쓰레기통으로 던져질 수도 있습니다. 이때에도 몸을 구부리지 않습니다. 몸 위에 다른 (   )의 가루가 쌓이거나 쓰레기가 쌓여도 괘념치 않도록 합니다.

(   )에 들어갈 단어는 '분필'입니다. 문민주 님은 분필이 되어 본 느낌에 대해 이렇게 말했습니다.

이 글을 쓸 때는 그저 생생하게 분필이 되는 법을 적겠다는 생각뿐이었다. 그런데 놀랍게도 글을 다 쓰고 나니 분필이 지난 시절의 내 모습과 닮아 있었다.

분필은 무기력하다. 선택권이 없고, 의지대로 변화할 수 없다. 칠판에 글을 적는 데 없어서는 안 될 도구이지만, 대체할 분필은 널리고 널렸다. 적는 글의 내용이 분필의 뜻과 달라도 분필은 아무것도 할 수 없다. 심지어 잘못 사용되어 온몸이 떨릴 정도로 끔찍한 소리가 나거나 버림받더라도 분필은 어떤 것도 할 수 없다. 그리고 이런 분필에게 말한다. 신경조차 쓰지 말라고, 그 어떤 것도 마음에 두지 말라고.

운이 좋게도 좋은 동료들과 인간적 유대를 나누며 일을 할 수 있었지만, 직장인, 비서로서의 나는 어떤 면에서 분필과도 같았다. 분명 내가 하는 일은 없어서는 안 될 실질적 도움을 주는 일이었지만, 이 일을 할 사람은 나 말고도 얼마든지 많았다. 나는 그저 '기능'할 뿐이었지 내 의지를 관철시키거나 뜻을 펼치지 않았다. 그럴 자리가 아니었기에 그러고자 할 의지도 없었다. 그러다 내 뜻과 부딪혔던 적이 있는데, 그때 현실적으로 내가 할 수 있는 가장 현명한 방법은 그저 가만히 시키는 일을 하는 것이었다. 그리고 그것이 나를 힘들게 했다. 나는 내가 옳고 그름에 대한 분별력이 있는 한 사람, 생각하고 느낄 수 있는 사람으로 존재하며 일하고 싶었다.

시를 쓰며 다시금 나는 사회 현실 속에서 무력하고 수동적이었던 지난날의 나를 이해했다. 숨겨져 있었던, 설명할 수 없어 지나쳤던 지난 감정들을 소화시킬 수 있었고, 나 스스로를 수용할 수 있었다. 나는 그동안 이해받고 싶었고, 이해해 주고 싶었던 것 같다.

타인을 통해 나의 시를 감각하기

작품에 대해 나눌 때 나는 다른 사람의 작품을, 다른 사람은 나의 작품을 소리 내어 읽는 것은 서로에게 선물이 될 수 있습니다. 릴케는 『젊은 시인에게 보내는 편지』에서 자신과 편지를 주고받던 젊은이 카푸스에게 이렇게 말합니다.

> 보아서 알겠지만 당신이 보내신 소네트를 내 필체로 직접 옮겨 써보았습니다. … 내가 필사한 것을 여기 동봉합니다. 자신의 작품을 남이 쓴 글씨체로 다시 한 번 읽어 보는 것도 당신에겐 중요하고도 새로운 경험이 될 것으로 믿기 때문입니다. 다른 사람이 쓴 작품이라고 생각하면서 그 시를 읽어 보십시오. 그러면 당신은 당신의 가슴 깊은 곳에서 그것이 얼마만큼 당신 자신의 것인가를 느끼실 수 있을 것입니다. — 『젊은 시인에게 보내는 편지』, 67쪽

릴케가 젊은 시인에게 한 말처럼 다른 사람의 필체로 내 시를 읽거나 다른 사람의 목소리로 내 시를 듣는 경험은 우리에게 새로운 기쁨을 선사할 것입니다.

아홉 번째 시간 :
사랑 시를 활용한 콜라주 시 쓰기

이 시간에는

사랑에 대한 콜라주 시를 만들고 사랑에 대한 생각들을 서로 나
눠 보는 시간을 갖습니다. 앞서 여섯 번째 시간에는 콜라주로 나
를 표현해 보는 활동을 해보았습니다. 이번 아홉 번째 시간에는
사랑이라는 하나를 주제에 두고 여러 시인들이 쓴 서로 다른 시
에서 단어들을 골라 나만의 사랑 시를 콜라주해 봅니다.

사랑 시 나누기

각 참여원은 다음에 실려 있는 사랑 시 일곱 편을 미리 읽고 필사하거나 타이핑을 해서 가져옵니다. 그리고 자신이 가장 좋아하는 사랑 시도 한 편 골라 옵니다. 풀과 가위, 마음에 드는 색지 한 장을 준비합니다.

나의 사랑 시 한 편을 참여원들과 함께 읽고 시에 대한 생각을 서로 나눕니다.

각자 일곱 편의 사랑 시와 내가 고른 사랑 시 한 편을 다시 읽으면서 자기 마음을 건드리는 단어나 시구들을 연필로 표시해 둡니다.

여덟 편의 시에서 단어들을 오립니다. 오려 둔 시어들을 활용하여 30분 동안 콜라주 작품을 완성합니다. 모든 참여원의 작품은 복사하거나 스마트폰으로 찍어서 공유합니다.

콜라주 시를 시인이 낭송하고 다 함께 그 시에 대한 느낌을 나눈 뒤 시인의 소감을 듣도록 합니다. 참여원 중 한 사람이 시인에게 그 시를 다시 읽어 줍니다.

지금은

- 삐에르 르베르디

삶은 단순하고 즐거워

밝은 해가 달콤한 소리내며 울리네

종소리가 가라 앉았네

오늘 아침 빛이 모든 것에 스며드는구나

내 머리는 불켜진 조명장치

그래서 내가 사는 방이 마침내 환해지네

한줄기 빛만으로 충분해

한번 터지는 웃음소리만으로

집을 뒤흔드는 나의 기쁨이

그 노래의 음으로

죽고 싶어 하는 사람들을 붙드네

나는 곡조가 틀리게 노래부르누나

아 얼마나 우스꽝스러운가

사방으로 열려진 나의 입이

어떻게 나오는지 나도 모르는

미친 가락들을 도처에 뿌리고

다른 귀들을 향해 날아가네

믿어 주세요 나는 미치지 않았어요

나는 층계 아래에서

활짝 열린 문 앞에서

쏟아지는 햇살 속에

초록 포도밭 사이 담에서 웃고

내 두 팔은 당신을 향해 내밀어지네

바로 오늘 나는 당신을 사랑해요

행복한 사랑은 어디에도 없다

- 루이 아라공

자기의 힘도 나약함도 마음도 인간의 의지(依支)가 되는 것은
아무것도 없다
사람들이 팔을 벌려 친구를 맞이하며 기뻐할 때
그 그림자는 십자가의 모양을 하고 있는 것이다
행복을 껴안았다고 생각했을 때 사람들은 행복을 깨부순다
인생이란 고통에 찬 무상한 이별이다
행복한 사랑은 어디에도 없다

인생은 다른 운명으로 무장을 해제당한
저 무기를 휴대하지 않는 병사들과 같다
아침에 그들이 일어나도 이미 아무 소용이 없을 것이다
저녁에는 또 할 일이 없고 마음은 방황할 것이다
"이것이 나의 인생이다"라고 속삭이며 눈물을 참는 것이다
행복한 사랑은 어디에도 없다

사랑하는 사람이여 내 가슴을 쥐어뜯는 상처여
나는 그대를 상처 입은 새인 양 껴안고 간다
그런데 모르는 사람들은 내가 지나가는 것을 바라보면서

내가 짠 언어를 내 뒤에서 되풀이했다
그러나 그 언어는 그대의 커다란 눈과 마주치면 갑자기 퇴색되
어버렸다.
　　행복한 사랑은 어디에도 없다

살 길을 알았을 때는 이미 늦었기에
우리들의 마음은 밤 속에서 일제히 우는 것이다
조그마한 노래 하나를 짓는 데도 불행이 필요한 것이다.
몸짓 하나를 하는 데도 회한이 필요한 것이다
기타 한 줄을 치기 위해서도 흐느낌이 필요한 것이다
　　행복한 사랑은 어디에도 없다

고통을 동반하지 않는 사랑은 없다
사람의 마음을 아프게 하지 않는 사랑은 없다
그리고 그대에 대한 사랑도 조국애와 같은 것
눈물로 키워지지 않은 사랑은 없다
　　행복한 사랑은 어디에도 없다
　　그러나 그것이야말로 우리 두 사람의 사랑인 것이다

사랑의 발명

– 이영광

살다가 살아보다가 더는 못 살 것 같으면
아무도 없는 산비탈에 구덩이를 파고 들어가
누워 곡기를 끊겠다고 너는 말했지

나라도 곁에 없으면
당장 일어나 산으로 떠날 것처럼
두 손에 심장을 꺼내 쥔 사람처럼
취해 말했지

나는 너무 놀라 번개같이,
번개같이 사랑을 발명해야만 했네

사랑을 지키다

- 박시하

수박을 들고 커다랗고 짙은 수박을 들고

붉은 물이 가득 든 초록 수박을 들고

삶보다 무거운 수박을 들고 땡볕 아래 걸었네

오래 걸었네 뜨거운 길을 걸었네

짙고 푸른 껍질을 쪼개면 시원할까

그 붉은 물은 달고 시원할까

멀고 먼 수박 껍질 속의 세계를 향해 걸었네

던져 버릴 수 없어 떨어뜨릴 수도 없어

둥글고 커다란 수박은 깨져 버릴 테니까

짙고 푸르지만 수박의 껍질은 연약하고

내 팔은 가늘고 등은 굽었다

터벅터벅 걸었네

멀고 먼 길 끝이 기억나지 않는 노란 길을

달콤하고 붉고 무거운 그대와

아! 가겠소 난 가겠소 저 언덕 위로[10]

목이 마르지 않았네 눈물이 흘렀네 멀고 먼

지워지고 말 꿈에서

활짝 편 손으로 사랑을

– 빈센트 밀레이

활짝 핀 손에 담긴 사랑, 그것밖에 없습니다.

보석 장식이 없고, 숨기지도 않고, 상처 주지 않는 사랑,

누군가 모자 가득 앵초 풀꽃을 담아 당신에게

불쑥 내밀 듯이, 아니면 치마 가득 사과를 담아 주듯이,

나는 당신에게 그런 사랑을 드립니다. 아이처럼 외치면서.

"내가 무얼 갖고 있나 좀 보세요! 이게 다 당신 거예요!"

백년해로

– 김소연

너의 집 앞에 이르니 장관이다
국자 모양의 큰곰자리가 하늘 끝에 거꾸로 처박혀
너의 입에 뜨뜻한 국물을 붓고 있다
잘도 받아먹는 큰 입의, 천진한 너는 참 장관이다

집으로 돌아오는 저녁, 나는 날마다 신기하다
나의 집 앞에도 같은 별이, 같은 달이 떠 있다는 것에 대하여
하얀 눈이 길의 등을 감싸안고 있는 이 비탈에
성큼성큼한 네 발자국이 나의 대문을 향해 이미 있다는 것에 대
하여

나, 사랑 없이도 밥을 먹을 줄 알고
사랑 없이도 너를 속박할 수 있게 됐다
너는 내 옆에 있는 사람이고
나는 곧 버려질 사람이고
네가 머물거나 떠나가거나
아무렇지도 않은 나이고 보면

아침밥을 꼭 차리겠습니다

노릇하게 구운 살찐 생선 살을 당신 밥숟갈에

한 점씩 올려놓기 위하여 젓가락을 들겠습니다

하루에 한 번씩 걸레질을 꼭 하겠습니다

당신 속옷을 새벽마다 이부자리 맡에 챙겨 놓겠습니다

나는 나쁜 사람입니다

다음 생애엔 꼭 그렇게 하겠습니다

등대지기는 새들을 몹시 사랑해

– 자크 프레베르

새들이 무수히 불을 향해 날아든다
무수히 그들은 떨어지고 무수히 그들은 부딪치고
무수히 눈이 멀고 무수히 부서지며
무수히 그들은 죽어간다

등대지기는 이런 일을 차마 견딜 수가 없다네
새들을 그는 새들을 몹시 사랑하니까
그때 그가 말한다 어쩔 수가 없어 될 대로 되라지!

그는 불을 모두 꺼버린다

멀리서 짐 실은 배 하나가 가라앉는다
섬에서 오던 배
새를 싣고 오던 배
섬에서 온 무수한 새들
물에 잠긴 무수한 새들

시로 쓰는 나의 사랑

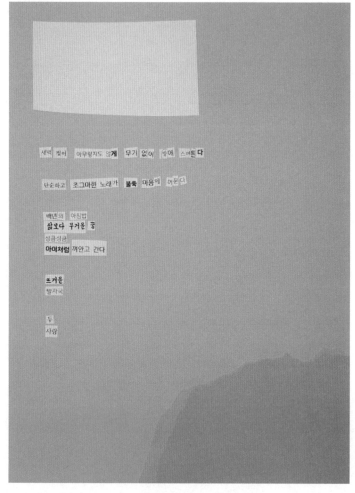

새벽 빛이 아무랗지도 않게 무기 없이 방에 스며든다

단순하고 조그마한 노래가 불쑥 마음에 머문다

백년의 아침밥
삶보다 무거운 공
성큼성큼
아이처럼 껴안고 간다

뜨거운
발자국

두
사람

박소이 님의 작품

콜라주로 사랑 시를 만들고 친구들과 함께 사랑 시에 대한 이야기를
나누고 나서 그동안 내가 했던 사랑에 대해서 어떤 생각이 드는지
적어 봅니다.

나의 사랑은

열 번째 시간 :
사전 형식으로 시 쓰기

이 시간에는

오감을 활용한 시적 표현의 중요성을 환기하고, 각자가 골라 온 단어들을 감각적 이미지들로 표현하는 시를 써 봅니다. 참여원들은 미리 자기 삶의 키워드가 되는 단어들을 다섯 개 이상 골라 옵니다. 이 단어들로 나만의 사전을 구성하고 각각의 표제어들에 대해 감각적 이미지를 활용해서 시적인 정의를 내려 봅니다.

몸을 기억하라

시인 실비아 플라스와 테드 휴즈

테드 휴즈는 영국의 계관시인입니다. 그는 케임브리지 대학에서 공부를 하다가 미국에서 유학 온 실비아 플라스와 사랑에 빠져 결혼을 했습니다. 두 사람 모두 문학사에서 훌륭한 시인들로 평가받고 있지만 결혼생활은 그리 행복하지 않았다고 합니다. 실비아 플라스는 "내 안에는 언제나 비명이 살고 있다"고 말하기도 했지요. 이 시간에 소개할 테드 휴즈의 『시작법』(詩作法)은 원래 영국의 방송국 프로그램 진행 원고였습니다. 그래서 평범한 사람들도 쉽게 시를 이해하고 시를 쓸 수 있도록 친절하게 설명하고 있습니다. 여기서는 감각적으로 시를 쓰는 법에 관한 내용을 함께 읽기로 하겠습니다.

우리는 몸을 가진 존재이지만 이 사실을 종종 잊습니다. 아주 어린 시절, 우리가 어떤 사물을 처음 만났을 때 우리는 그 사물을 입에 넣어 보고 냄새를 맡아 보고 유심히 쳐다보고 손으로 만져 보기도 하면서 그 사물이 무엇인지 알기 위해 애를 썼습니다. 즉 몸의 오감을 이용해 세상을 직접 파악하려고 노력했었지요. 시를 쓰기 위해서는 유년시절로 돌아가야 합니다. 나에게 몸이 있다는 것을 상기하고 이 몸의 감각들을 활용하여 사물과 만난다면 사물들이 어떻게 느껴질지를 표현해 보는 것입니다. 머리를 써서 개념으로만 만나던 세상을 감각으로 만날 때, 세상은 마법에 걸린 성처럼 모든 게 새롭게 변하지요.

테드 휴즈의 『시작법』의 일부를 함께 읽으면서 시적 표현에 대해 서로 이야기를 나누어 봅니다.

어떤 면에 있어서 나는 시를 일종의 동물처럼 생각하고 있는 것 같다. … 아마도 내 관심은 어떤 특정의 동물을 잡거나 특정의 시를 쓰는 데 있지 않고 단지 나의 외부에서 그것 나름의 생생한 생명을 갖고 있는 것을 잡는 데 있었던 것 같다. 어쨌든 간에 동물에 대한 관심은 나에게 최초로 시작된 관심이었다. 내 기억은 아주 또렷하게 세 살 때까지 거슬러 올라가는데 그때 나는 상점에서 살 수 있는 모든 종류의 납으로 만든 동물 장난감을 갖고 있었다. 그 동물들은 평평한 난로 울타리 위에 서로서로 꼬리를 물고 또 어떤 것은 다른 것 위에 올라서서 오른쪽으로 빙 둘러 놓여 있었다.

내게는 만들거나 그리는 소질이 있어서 점토를 발견하자 내 동물원은 한없이 채워졌다. 또 네 번째 생일날 어떤 아주머니가 두껍고 푸른 표지의 동물책을 사주어서 나는 그럴 듯하게 보이는 사진들을 베껴 그리기 시작했다. 사진 속의 동물들은 모두 훌륭해 보였지만 내가 그것을 그리자 사진보다 더 좋아 보였으며 나의 것이 되었다. 나는 그 당시 내 그림을 앞에 놓고 앉아서 바라볼 때의 그 흥분을 아직도 생생히 기억할 수 있는데 그것은 지금 내가 시에서 느끼는 것과 똑같은 것이다.

… 예컨대 어떻게 빗속의 산책에 대해 쓴 시가 동물과 같을 수 있다는 것일까? 글쎄, 아마도 그것은 기린이나 에뮤새, 낙지, 혹은 동물원에서 볼 수 있는 어떠한 동물과도 비슷하게 보이지 않으리라. 차라리 그것은 하나의 정신이 움직이게 만드는, 살아 있는 부분들의 총합이라고 부르는 편이 더 나을 것이다. 그 살아 있는 부분들이란 낱말이며 이미지며 리듬이다. … 당신이 그 작품을 읽을 때 낱말이나 이미지나 리듬들이 뛰어올라 살지 못한다면 … 그 생명체는 상한 것이고 그 정신은 병든 것이다. 그래서 시인으로서 당신은, 당신이 관할하는 그 모든 부분들, 낱말과

리듬과 이미지들이 살아 있다는 사실을 확실히 해야만 하는 것
이다. 여기서부터 난점이 시작된다. 그러나 우선 최초의 규칙들
은 상당히 단순하다. 살아 있는 낱말들이란, 〈째깍〉이나 〈낄낄〉
처럼 우리가 들을 수 있는 것, 〈주근깨〉나 〈엽맥〉처럼 볼 수 있는
것, 〈식초〉나 〈설탕〉처럼 맛볼 수 있는 것, 〈가시〉나 〈기름〉처럼
만질 수 있는 것, 〈타아르〉나 〈양파〉처럼 냄새 맡을 수 있는 것
따위다. 즉 직접적으로 우리의 오감(五感) 중 어느 하나의 감각
에 속할 수 있는 낱말들인 것이다. 아니면 〈탁 때리다〉나 〈균형
을 잡는다〉처럼 움직이고 근육을 사용하는 것처럼 보이는 낱말
들이 살아 있는 것들이다.

그러나 즉시 문제는 더욱 어려워진다. 〈째깍〉은 소리만을 줄 뿐
만이 아니라 혀로 〈째깍〉이라고 발음할 때와 같은 … 날카로운
동작에 대한 개념을 주기도 하는 것이다. 또한 그 낱말은 딱 소
리를 내는 작은 나뭇가지처럼 가볍고도 부서지기 쉬운 어떤 물
체에 대한 느낌도 준다. 무거운 것도, 부드럽고 구부러지기 쉬운
것도 째깍 소리를 내지 않는다. 같은 식으로 타아르는 코를 찌르
는 냄새만 내는 것이 아니다. 그것은 두텁고 빽빽하며 끈끈해서
만지기에 끈적끈적하다는 느낌을 준다. 또한 그것은 부드러울
때에는 검은 뱀처럼 움직이며 아름답고도 검은 광택을 지니고
있다. 그래서 그 낱말은 다른 많은 낱말들과 연관된다. 그것들은
마치 각각이 눈과 귀와 혀를, 혹은 귀와 손가락과 움직일 수 있

는 몸체를 갖고 있기라도 한 것처럼 동시에 여러 개의 감각에 속하는 것이다.

…당신이 쓰고자 하는 것을 마음속으로 그려 보라는 것이다. 그것을 바라보며 그것과 더불어 살아 보라. 마치 마음으로 산수셈이라도 하듯 그것을 힘들여 생각하지는 말라. 단지 그것을 바라보고 만지고 냄새를 맡고 귀 기울여 보고, 스스로 그것의 속으로 침잠하라. 이 일을 해낼 때 말은 마술처럼 스스로를 보살피게 된다. 만일 이 일을 해낸다면 당신은 쉼표라든가 종지부, 또는 그런 유(類)의 것 때문에 고심할 필요는 없다. 낱말을 들여다볼 필요도 없다. 오직 당신의 눈, 귀, 코, 미각, 촉각, 당신의 전존재를 당신이 침잠하고 있는 사물을 향하여 계속 나아가게 하라. … 당신은 자신이 써놓은 것을 죽 다시 읽고 나서 충격을 받게 될 것이다. 당신은 하나의 영혼, 하나의 생물을 잡았을 것이기 때문에.
— 테드 휴즈, 『시작법』, 21~26쪽

N개의 단어로 된 사전

"자, 밤은 길고
자신을 존중하는 모든 시인은
자신의 고유한 사전을 가져야 한다."

— 니카노르 파라, 「이름 바꾸기」

시인뿐만 아니라 모든 사람들은 자기만의 고유한 사전을 가지고 있습니다. 통상적인 사전처럼 단어의 의미를 객관적으로 정의 내리거나 올바른 용법을 지시하는 사전이 아니지요. 이 사전은 내 내면의 고유한 무늬를 보여 주고 내가 살아온 삶의 독특성을 설명해 줍니다. 나만의 사전에 들어갈 단어들을 골라 시적인 정의를 내려 보는 일은 내 삶을 전체적으로 조망하는 데 도움을 줄 것입니다.

다음에 나오는 「일곱 개의 단어로 된 사전」을 읽고 함께 느낌을 나눕니다.

일곱 개의 단어로 된 사전

– 진은영

봄, 놀라서 뒷걸음질치다
맨발로 푸른 뱀의 머리를 밟다

슬픔
물에 불은 나무토막, 그 위로 또 비가 내린다

자본주의
형형색색의 어둠 혹은
바다 밑으로 뚫린 백만 킬로의 컴컴한 터널
── 여길 어떻게 혼자 걸어서 지나가?

문학
길을 잃고 흉가에서 잠들 때
멀리서 백열전구처럼 반짝이는 개구리 울음

시인의 독백
"어둠 속에 이 소리마저 없다면?"
부러진 피리로 벽을 탕탕 치면서

혁명, 눈 감을 때만 보이는 별들의 회오리
가로등 밑에서는 투명하게 보이는 잎맥의 길

시, 일부러 뜯어본 주소 불명의 아름다운 편지
너는 그곳에 살지 않는다

각자 자신만의 단어 사전을 만들어 봅니다.

.... 개의 단어로 된 사전

....

....

....

....

....

....

....

....

....

....

....

📝 나의 사전을 보여 주고 다른 사람의 사전을 보고 난 후 내 사전에
더 넣고 싶은 단어들이 있나요?

열한 번째 시간 :
몸에 대해 쓰기

이 시간에는

내 몸의 일부를 관찰하고 몸의 기억들을 나누는 시간입니다. 몸에서도 손을 보고 내 손의 역사에 대해 생각합니다. 손은 우리 몸에서 다른 사람이나 사물과의 직접적 접촉의 기억을 가장 많이 가지고 있습니다. 이 손이 맞잡았던 가장 따뜻했던 손, 내가 뿌리친 손, 내가 놓지 못했던 손 등 다양한 손 이야기를 나누며 나와 다른 사람의 관계에 대해 성찰해 봅니다.

나의 손을 소개합니다

빈 종이에 손을 올리고 윤곽선을 그려 봅니다.

내 손을 3분 동안 들여다보면서 손에 대해 생각합니다.

참여원들에게 양손을 들어 보여 주면서 내 손에 대한 이야기를 간단히
들려줍니다.

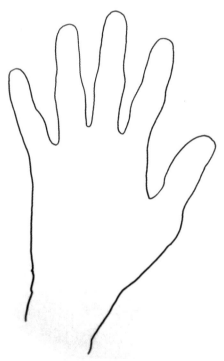

두 편의 시를 읽고 시에 표현된 손에 대해 참여원들과 이야기를 나눕니다.

가을

– 라이너 마리아 릴케

나뭇잎이 떨어진다, 하늘나라 먼 정원이 시든 듯
저기 아득한 곳에서 떨어진다 ;
거부하는 몸짓으로 떨어진다.

그리고 밤마다 무거운 대지가
모든 별들로부터 고독 속으로 떨어진다.

우리 모두 떨어진다. 여기 이 손도 떨어진다.
다른 것들을 보라 : 떨어짐은 어디에나 있다.

하지만 이 떨어짐을 한없이 부드럽게
두 손으로 받아내는 어느 한 분이 있다.

두꺼비

아버지는 두 마리의 두꺼비를 키우셨다

해가 말끔하게 떨어진 후에야 퇴근하셨던 아버지는 두꺼비부터
씻겨 주고 늦은 식사를 했다 동물 애호가도 아닌 아버지가 녀석에
게만 관심을 갖는 것 같아 나는 녀석을 시샘했었다 한번은 아버지
가 녀석을 껴안고 주무시는 모습을 보았는데 기회는 이때다 싶어
서 살짝 만져 보았다 그런데 녀석이 독을 뿜어내는 통에 내 양 눈
이 한동안 충혈되어야 했다 아버지, 저는 두꺼비가 싫어요

아버지는 이윽고 식구들에게 두꺼비를 보여 주는 것조차 꺼리
셨다 칠순을 바라보던 아버지는 날이 새기 전에 막일판으로 나가
셨는데 그때마다 잠들어 있던 녀석을 깨워 자전거 손잡이에 올려
놓고 페달을 밟았다

두껍아 두껍아 헌집 줄게 새집 다오

아버지는 지난 겨울, 두꺼비집을 지으셨다 두꺼비와 아버지는
그 집에서 긴 겨울잠에 들어갔다 봄이 지났으나 잔디만 깨어났다

3부_내 마음의 무늬 읽기 255

내 아버지 양 손엔 우툴두툴한 두꺼비가 살았었다

이 두 손의 조각상이 주는 느낌을 서로 나누고
나의 손은 다른 사람의 손 옆에 어떤 모양으로 있는지 생각해 봅니다.

오귀스트 로댕, 「대성당」, 1908

어떤 손에 대한 기억

내 마음에 가장 깊이 남아 있는 누군가의 손에 대해 시를 쓴 뒤 다른 참여원들과 손 시에 대한 느낌을 나눕니다.

집단 활동 후 혼자 있는 조용한 시간에 앞서 그렸던 손 윤곽선 안이나 밖을 좋아하는 색이나 무늬로 채워 봅니다.

완성된 손 그림을 보면서 나의 손에게 짧은 편지를 씁니다.

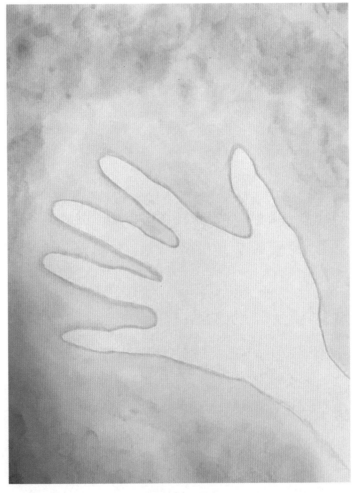

문민주 님의 작품

너의 손은

– 문민주 님의 작품

크고

부끄럽고

딱딱하고

서툴고

슬프고

조용하고

잡을 손이 없어

주먹을 쥐어야 했던

열 살 아이 같아서

호 불어 주고 싶었어

　문민주 님은 너의 손에 대한 시를 쓰고 그 손을 잡아 주는 자신의 손을 시각적으로 표현했습니다. 너의 서툴고 슬프고 조용한 손으로 다가가기 위해서 푸른 우울의 공기를 더듬는 문민주 님의 흰 손이 느껴집니다. 그녀는 이렇게 말해요.

"나는 촉감 놀이를 매일 한다. 귤 껍질을 까며, 쪽파의 표면을 다듬으며, 이 여리고 보드라운 것, 싱싱하고 우아한 것을 느끼고 즐겼다. 나는 모든 사물의 기호에 민감해지고, 이 세상의 아름다움을 발견해 내는 시인이 되어 가고 있는 내가 좋아졌다."

김은아 님의 작품

김은아 님은 나의 손 꾸미기를 하면서 이런 생각을 했다고 해요. "제 손이 여러 가지 일을 하고 있으니, 여러 가지의 패턴으로 채워 넣으면 어떨까 싶었습니다. 손가락 하나도 한 가지 일만 하는 게 아니라 여러 기능들을 하고 있으니까, 그런 모습을 표현하고 싶었어요. 단순한 모양으로 이루어져 있지만, 전체적으로 균형을 잃어버리지 않으면서, 조화로운 느낌을 보여 주고 있었다고나 할까요." 김은아 님은 작품을 만든 뒤 자신의 손에게 이런 편지를 썼습니다.

작고 동글동글한 나의 오른손에게

가늘고 긴 손가락을 가진, 섬섬옥수의 친구들이 부러운 적도 있었다. 펜을 잡아도, 반지를 끼고 있어도, 찻잔을 들고 있어도 무언가 우아함이 느껴지는 손가락.

"가늘고 긴 손가락을 가진 손은 게으른 손이야. 너처럼 작고 짧은 손가락이 부지런하고 진짜 예쁜 손이지." 친구녀석 중 누군가가 그런 말을 해준 때부터였을까? 그 뒤로 작고 동글동글한 내 손이 싫지만은 않았다. 겨울이면 제일 먼저 갈라지는 엄지와 유난히 잘 베이는 검지, 오랫동안 잡아온 펜 때문에 굳은 살이 박힌 중지, 손 거스러미로 고생하는 약지, 작은 손에서도 가장 작은 새끼 손가락. 하나하나 꼼꼼히 들여다보고 있자니 애틋함마저 느껴진다. 이 녀석들, 참 고생이 많았구나.

나는 어느새 손의 모양보다, 그 손에 담겨 있는 것들, 그리고 그 손이 만들어 가는 것들이 더 가치 있고 소중하다는 걸 자연스레 알게 되었다. 눈으로만 우아하고 예쁜 손이 아니라, 마음으로 느낄 수 있는 따스한 손의 소유자가 되고 싶었는데, 지금 난 그런 손을 가지고 있는 걸까?

오늘도 새벽 5시부터 아침식사 준비를 하면서 조용히 말해 본다. 역시 넌 부지런하고 예쁜 손이구나.

더 깊이 생각하기 : 내 영혼의 두 친구

내 책장에는 선물받은 책들이 여러 권 꽂혀 있습니다. 어느 잠 안 오는 밤에 친구에게 받은 시집을 펼쳐 보니 이렇게 써 있네요.

"손가락이 긴 진은영에게"

책을 내려놓고 손가락을 펼쳐 봅니다. 내 손가락은 깁니다. 그렇지만 나는 발가락도 깁니다. 키도 크지요. 그런데 이 친구에게 저는 손가락이 긴 사람입니다. 발가락은 양말 때문에 자주 볼 수 없었던 걸까요? 그렇지는 않습니다. 여름에 빨간 샌들을 신고 친구들을 만나기도 했으니까 다들 내 발가락이 참 길다는 걸 잘 압니다. 내 키가 크다는 것도 알고 있죠. "오늘은 굽 낮은 구두를 신고 네 옆에 서니 내가 참 작아 보인다"고 말한 적도 있어요. 그래도 친구는 내가 가진 긴 것들 중에서 유독 손가락이 길다고 말합니다.

내가 좋아하는 사람의 신체 중에서 유독 그와 닮았다고 생각되는 부분이 있습니다. 친구는 긴 손가락이 나라는 사람을 가장 닮았다고 생각했나 봐요. 나는 '입이 큰 진은영에게', '키가 큰 진은영에게'라고 쓰지 않고 손가락이 길다고 써 주는 그 친구가 참 좋습니다. 그렇게 말해 주니 어쩐지 내 손가락이 아름답게 느껴지거든요. 그래서 나는 나의 긴 손가락을 닮고 싶다고 생각합니다. 긴 손가락을 닮는다는 게 무슨 의미일까 생각해 봅니다.

긴 손가락의 詩

— 진은영

시를 쓰는 건

내 손가락을 쓰는 일이 머리를 쓰는 일보다 중요하기 때문, 내 손가락, 내 몸에서 가장 멀리 뻗어 나와 있다. 나무를 봐, 몸통에서 가장 멀리 있는 가지처럼, 나는 건드린다, 고요한 밤의 숨결, 흘러가는 물소리를, 불타는 다른 나무의 뜨거움을.

모두 다른 것을 가리킨다. 방향을 틀어 제 몸에 대는 것은 가지가 아니다. 가장 멀리 있는 가지는 가장 여리다. 잘 부러진다. 가지는 물을 빨아들이지도 못하고 나무를 지탱하지도 않는다. 빗방울 떨어진다. 그래도 나는 쓴다. 내게서 제일 멀리 나와 있다. 손가락 끝에서 시간의 잎들이 피어난다.

손가락은 늘 나를 가리키는 일보다는 다른 곳을 가리키는 일이 많습니다. 사실 나는 어느 가수의 노래처럼 '내 속에 내가 너무 많아서' 영혼이 시끄럽고 괴롭다는 생각을 자주 합니다. 그래서 긴 손가락처럼 다른 것을 가리키고 내게서 제일 멀리 나가는 삶이 아름답다고 생각하는 것인지도 모르겠어요. 나는 내 친구가 말해 준 것처럼 다른 존재들을 향해 길게 뻗어 나가는 손가락을 가진 사람이 되고 싶습니다. 내 마음에도 내 자신에 대해 이런 방식으로 이야기해 주는 영혼의 다정한 친구가 있습니다.

그러나 내 마음속에 다정한 이야기를 해주는 친구만 있는 것은 아닙니다. 내가 가진 어떤 부분에 대해 밉살스러운 방식으로 표현하는 친구도 있습니다. 내 안에서 그는 나의 가장 못난 것, 부끄러운 것에 대해 속삭입니다. 나는 도스토예프스키 소설의 등장인물처럼 내 몸의 부끄러운 어떤 것이 내 인생을 참 닮았다고 생각하기도 합니다.

'다들 벗고 있다면야 부끄러울 것도 없지, 하지만 나 혼자만 벗고 다들 구경하고 있으니 -- 정말 치욕이다!' 이런 생각이 몇 번이나 그의 머리에 떠올랐다. '꼭 꿈을 꾸는 것만 같군, 이따금 꿈속에서 내가 이런 치욕을 당하는 꼴을 보곤 했지.' 그러나 양말을 벗는 일은 고통스럽기까지 했다. 양말은 형편없이 더러웠고 속옷도 마찬가지였는데, 이제 그걸 모든 사람이 다 본 것이다. 하지만 무엇보다도 그는 자기 발을 좋아하지 않았다. 이 두 발에 달린 커다란 발가락들을 볼 때마다 무엇 때문인지 늘 꼴사나운 기형이라 생각해왔고, 특히 어째선지 아래로 굽은 투박하고 넓적한 오른쪽 발톱 하나가 더 그랬는데, 이제 모든 사람이 그것을 보게 되다니. 수치심을 참지 못한 나머지 그는 갑자기 더욱더, 이제는 아예 고의적으로 거칠게 굴기 시작했다. — 도스토예프스키, 『카라마조프가의 형제들2』, 410쪽

이 소설 속의 등장인물은 자기 인생이 자기의 커다란 발가락처럼 볼품없고 우아한 구석이라고는 찾아볼 수 없다고 느낍니다. 영혼의 친구가 그에게 그렇게 말해 주었거든요. 그는 그 친구와 절교하고 싶습니다. 그런데 그 친구를 곁에 두고 싶기도 합니다. 어쩐지 그 친구에게 진실한 구석이 있다고 느껴지니까요. 내 오른쪽 발톱이 거칠고 심하게 구부러진 것은 사실입니다. 그러나 내 커다란 발가락과 특히 오른쪽 발톱이 왜 나를 가장 닮은 부분이라고 생각하는 것인지는 잘 모르겠습니다. 일단 내 영혼에 사는 이 친구의 말을 더 들어 봐야 할 것 같네요.

그러니까 내 안에서 속삭이는 두 목소리는 내 자신을 서로 다른 방식으로 바라보게 만들지요. 화가인 에곤 쉴레는 우리의 영혼이 지닌 두 가지 면모를 「이중의 자화상」이라는 작품을 통해 표현하기도 했습니다.

에곤 쉴레, 「이중의 자화상」, 1915

나의 몸에서 내가 자주 생각하는 부분 또는 가장 나 같다고 생각되는
부분에 대해 간단히 써 봅시다. 금세 떠오르는 사람도 있을 테고 그렇지
않은 사람도 있을 겁니다. 만약에 특별히 떠오르는 부분이 없다면
자신의 손에 대해 간단히 적어도 좋습니다.

내가 좋아하는 사람의 신체 중에서 내가 사랑하는 부분 혹은 그를 참 닮았다고, 가장 그답다고 느끼는 부분에 대해 적어 봅니다.

열두 번째 시간 :
마음의 책 만들기

이 시간에는

지금까지 썼던 시와 글들을 모아 나만의 책을 만들어 봅니다. 완성된 책은 그동안의 활동들이 내게 어떤 성찰과 변화를 가져다 주었는지, 12회의 과정 전체가 내게 어떤 의미였는지를 되돌아 볼 수 있게 해줄 것입니다. 책을 엮는 데 필요한 A4용지, 표지로 사용할 색지, 채색도구, 대형 스테이플러, 가위, 풀 등을 준비합니다. 참여원들의 추천사가 들어갈 책의 뒤표지 내용을 제외하고 시집을 완성해서 모임 시간에 가져오는 것도 좋습니다. 모임 시간에는 완성된 책을 보면서 그동안 함께한 시간에 대한 소회를 나눕니다.

나의 책 만들기

책의 크기, 분량, 재질, 제본 방식은 각자의 선호에 따라 정하면
됩니다.

▶ A4용지 1/2 크기의 책을 예시로 들자면, 먼저 A4용지를 4장
준비합니다.

▶ 용지 4장을 겹쳐서 반으로 접습니다.

▶ 접은 종이의 중앙을 대형 스테이플러로 찍습니다(중철제본).

▶ 용지 1장에 4면이 나오므로 총 16면의 미니북이 만들어집니다. 1장을
더 넣을 때마다 4면씩 늘어나므로, 원하는 분량을 고려하여 종이를
준비합니다.

▶ 책에 들어갈 내용을 컴퓨터로 작업하여 A4용지로 출력하고자 할 경우
'소책자 인쇄'를 사용하면 됩니다.

▶ 표지는 따로 좋아하는 색지를 준비하여 내지의 마지막 장과 붙여서
고정시킵니다.

다음 항목에 따라 책을 구성합니다. 순서는 바꾸어도 무방합니다.

앞표지 - 책 제목

1. 시인의 말

2. 목차

3. 내가 좋아하는 시 필사

4. '가나다라' 시로 쓴 자화상

5. 내 마음의 소행성

6. 콜라주 시로 표현한 내 마음

7. 자기소개시

8. 나는 ~이 되었어요

9. 내가 아끼는 사랑의 시

10. 사랑의 시 콜라주

11. N개의 단어로 된 사전

12. 나의 손 꾸미기

13. 어떤 손에 대한 기억

14. (자유 구성)

15. 시인이 쓰는 시인연보

16. 뒤표지와 접착할 면

뒤표지 - 추천사

| 1P

시인의 말 | | 10P

사랑의
시 콜라주 | 11P

N개의 단어로
된 사전 |

| 2P

목차 | 3P

내가 좋아하는
시 필사 | 12P

나의 손 꾸미기 | 13P

어떤 손에 대한
기억 |

| 4P

'가나다라'
시로 쓴 자화상 | 5P

내 마음의 소행성 | 14P

자유롭게
꾸며 봅니다 | 15P

시인이 쓰는 시인
연보 |

| 6P

콜라주 시로
표현한 내 마음 | 7P

자기소개시 | 16P

뒤표지에 16쪽을
풀로 붙여
고정합니다 |

| 8P

나는
~이 되었어요 | 9P

내가 아끼는
사랑의 시 |

작업배치도

시인의 말 쓰기

시집에 넣을 시들을 다시 읽어 보고 '시인의 말'을 씁니다. 시인의 말은
그동안 시를 쓰면서 시인이 시들을 통해 표현하고 싶었던 것, 시집 전체를
관통하는 시인의 정신을 알 수 있는 간결한 문장입니다.[11]

"우연히 오게 되었지만……
이 세상은 참 아름다운 곳이다."
— 송경동, 『사소한 물음들에 답함』

"나는 마치 아침에 산속으로 들어갔다가
저녁에 바닷가로 나오는 바람과 같았다."
— 이상국, 『뿔을 적시며』

"손가락으로 건드리면
그냥 무너져 내려도 좋겠다."
— 신미나, 『싱고, 라고 불렀다』

시인연보 쓰기

'연보(年譜)'에 대한 시를 함께 읽어 봅니다.

연보(年譜)

– 심보선

나는 소설책보다는 시집이 더 좋아

나는 시보다는 작가 연보가 더 좋아

나는 언제나 무덤에 가까운 쪽에 매혹되니까

물고기들은 죽으면 심해로 가라앉아

서로의 죽음을 가리키는 화살표(〉---〉)가 되니 좋아

물고기 뼈가 물고기 연보의 끝이야

나는 상념의 심해로 빠져들어

내 주먹은 심해문어의 대가리처럼 부풀다 터져버려

핏물 대신 먹물을 뿜고

그러나 어떤 먹물로도

세계를 암흑시대로 되돌릴 순 없어

상념의 원환은 끝이 없어

아무도 나를 붙잡을 순 없어

우주 전체가 나의 옷깃이야

아무도 나를 비웃을 수 없어

나의 연보는 수십억 광년이야

영원으로부터 질주해오고 있어

아직 지구에 없는 내 초라한 무덤을 향해

아직 내 무덤이 없는 찬란한 지구를 향해

'연보(年譜)'는 한 사람의 삶을 연대순으로 써 내려간 글을 말합니다. 다른 사람들의 객관적 시선에서 그 사람이 겪은 사건이나 행적을 중심으로 쓰는 경우가 많습니다. 여기서는 시인이 직접 자기 삶에서 가장 의미 있었던 순간들을 연대순으로 써 봅니다.

시인이 쓰는 시인연보

....

....

....

....

....

....

....

....

....

....

....

....

....

자신의 연보를 간략히 소개하고,

연보를 쓰면서 느낀 감정들에 대해 서로 이야기 나눠 봅니다.

추천사 쓰기

책을 완성하고 나면 서로 돌려 보면서 다른 사람의 책에
추천의 말을 선물합니다. 책에 어울리는 메모지를 미리 준비해서
추천사를 받을 수도 있습니다.
추천사를 책의 뒤표지에 넣습니다.
참여원들이 각자 짝을 정해 서로의 책 뒤표지에 추천사를
써도 좋습니다.

이 책을 소개합니다

....

....

....

....

....

....

....

....

....

추천사를 한 줄의 시로 표현해도 좋습니다.

추천사를 받는 참여원의 시들 중에서 각자의 마음에 남았던 표현이나
단어를 변형하여 그 참여원에 대한 느낌을 담은 한 줄의 시를 씁니다.

다른 참여원들이 모두 한 줄씩 시를 써서 한 편의 시를 완성합니다.

그리고 자신이 쓴 한 줄 시의 의미를 설명하면서 시집에 대한 추천사를
대신합니다. 시인은 다른 사람들이 써준 한 줄 시를 잘 배치하여 시를
완성합니다.

책 완성하기

▶ 시집 해설을 직접 써서 넣거나 시인과의 인터뷰를 넣을 수도
있습니다. 자신의 시들을 읽으면서 자신이 평론가가 되어 시의 일부를
인용한 후 시에 대한 해설을 써 봅니다. 또는 시인이 인터뷰어가 되어
시인 자신을 인터뷰하는 글을 쓸 수도 있습니다. 직접 질문을 뽑고 그
질문을 자신에게 던지고 답하는 작업을 해봅니다.

▶ 표지로 쓸 만큼 두꺼운 색지를 골라 책의 앞뒷면 표지를 만듭니다.

▶ 앞표지에는 11회까지의 활동을 잘 표현해 주는 제목을 쓰고
책 전체의 분위기를 살려 각자 원하는 대로 꾸며 봅니다.

▶ 참여원들은 각자 만들어 온 책을 한 장 한 장 넘기면서 내용과
구성에 대해 간략하게 설명하고, 자신의 책에서 자기가
가장 좋아하는 페이지를 펼쳐 보이면서 그 느낌을 이야기합니다.

▶ 내 마음의 책이 완성되었습니다. 여러 편 시와 글을 읽고 쓰면서 많은
생각을 하고, 그것들을 다른 사람들과 함께 나누었습니다. 내 마음의
키가 한 뼘 이상 더 자란 것 같이 느껴지기도 하고, 갇혀 있던 마음
너머를 바라볼 수 있는 튼튼한 사다리가 놓여진 것 같기도 합니다. 책을
완성한 뒤 느껴지는 것들에 대해 자유롭게 써 봅니다.

주석

1부

1. 우리나라의 경우 전문 예술가를 위한 예술 교육이 아닌 보통 사람을 위한 예술 교육을 '문화예술교육'이라는 정책 용어로 표현한다. 곽덕주에 따르면 '예술 교육'이 아닌 '문화예술교육'이라는 복합적인 용어가 채택된 배경에는 1990년대 후반부터 시민사회가 제안했던 '문화 교육' 운동의 의제들이 있다. 이 의제들은 "참여자/향유자 중심의 문화민주주의(cultural democracy)에 대한 지향점을 내포"하고 있으며, 정부의 문화예술정책은 이 지향점을 적극적으로 수용하였다(서울문화재단, 『2011서울문화재단 창의예술교육체계 구축을 위한 중장기 발전방안 연구보고서』, 10~11쪽). 이러한 문화예술교육은 도시 중산층에게 편중된 예술 향유의 기회를 소외계층에게로까지 확대한다는 점에서만 의의가 있는 것은 아니다. "기존의 기능중심 예술 교육이 아닌 체험과 활동을 기반으로 하는 문화예술교육을 통해 '창의성'을 지향"(앞의 책, 11쪽)한다는 점에서 이 책에서 '예술가 교육'이라고 부르는 것과 유사하다. 그런데도 이것을 굳이 예술가 교육이라는 개념으로서 표현하고자 한 이유는 창의성이 예술 교육을 도구로 하여 계발되는 한 가지 역량, 즉 문화산업을 비롯한 여타의 분야에 활용하거나 적용할 수 있는 개별적 역량이 아니라 개인의 삶 전체를 규정하고 그 개인의 고유성을 나타내는 활동과 연관성이 있음을 강조하기 위해서이다.

2. 일반적으로 표현예술치료에서는 포이에시스 개념을 중요한 철학적 토대로서 받아들이고 있다. 이러한 관점은 하이데거의 후기 철학에 근거를 둔 것이다. "하이데거의 후기저술에 나타난 바에 의하면 현존재는 기본적으로 예술작품과의 만남을 통해서 자기 자신을 이해한다. 이와 같은 만남에서 인간의 실존은 주체의 자기주장적인 오만한 행위에 의존하기보

다는 주어진 것을 구성하는(shaping) 행위를 통해서 의미가 드러나도록 하는 능력에 의존하는 것처럼 보인다. 하이데거에 따르면 이와 같은 능력을 우리는 그리스어로 포이에시스(poiesis)라고 부른다. … 포이에시스는 표현예술치료 철학의 인간관을 정립하는 데 가장 적절한 개념이라고 생각된다."(파울로 닐 외, 『치료미학』, 21쪽)
그러나 표현예술치료 프로그램의 설립자이기도 한 『치료미학』의 저자들이 이미 언급하고 있듯이 하이데거의 전기 철학은 나치즘으로 경도되었다. 물론 이 저자들은 하이데거의 후기 철학이 예술에 대한 포이에시스적 사유 속에서 전기 철학의 문제점을 극복하고 있는 것으로 평가하지만, 한나 아렌트는 하이데거의 전기 철학의 오류가 이미 그리스어 개념인 포이에시스 개념 자체에 내재해 있다고 보았다. 그리스어에서 포이에시스는 의도적이고 결과 지향적인 개념이며 재료 속에서 "예술작품이 나타나기 위해 '그대로 둠(letting-be)'"(앞의 책, 33쪽)을 예술가에게 요구한다는 후기 하이데거의 이해와는 다르다는 것이다.

3. 이런 시각은 예술치료에서도 공유하고 있는 것이다. 표현예술치료의 개척자인 나탈리 로저스(Natalie Rogers)는 아버지 칼 로저스(Carl Rogers)가 개발한 인간중심이론을 바탕으로 '창조적 연결(creative connection)'이라는 접근법을 발전시켰다. 이 접근법에서는 "산물(작품)보다는 과정을 중요시하고 이미지와 상징에 대해 개인적 의미를 부여하는 내담자의 능력을 신뢰해야 한다고 강조한다."(샐리 앳킨스 외, 『통합적 표현예술치료』, 25쪽에서 재인용)

4. 〈나를 돌아보는 여덟 개의 방〉은 서울문화재단의 연희문학창작촌에서 공모한 '문학, 번지다' 프로젝트에 선정된 문학소통 프로그램이다. 이 프로그램은 2014년 9월과 10월 사이 8주 동안 매주 1회씩(목요일 저녁 7~10시) 시민 40명을 대상으로 연희문학창작촌의 미디어랩과 작업 공간 곳곳에서 진행되었다. 이 프로그램에는 김소연, 박시하, 심보선, 오은, 진은영 등 다섯 명의 시인과 김지은 동화작가가 참여하였다. 작가들 외에도 영문학자 정은귀, 상담심리학자 한영주, 철학자 노성숙 교수가 한국상담대학원대학교의 대학원생들과 함께 참여하였다.

5. 어빈 D. 얄롬, 『스피노자 프로블럼』, 이혜성 옮김, 시그마프레스, 2013, 496쪽. 이혜성은 인문상담학의 목표에 대해 다음과 같이 말한다. "인문상담의 목표는 실제 삶의 이야기를 주제로 행해지는 상담 과정을 통하여 내담자는 '되고 싶은 자기'가 되고 '자기가 하는 일을 제대로 할 수 있게' 되는 것이다. 상담 과정에서 자신을 인문적으로 성찰하고 자신의 내면 세계와 가치를 확립하여 더 나은 자신이 되도록 도와주는 데에 있으므로 상담자는 '문제'를 넘어 '사람'을 중심으로, '치료'를 넘어 '성장'에 목표를 두고 내담자를 격려하고 내담자의 어두운 마음에 불을 밝혀 주는 역할을 하는 안내자이며 함께 성장하는 동행자여야 한다."(이혜성, 『문학상담』, 70쪽)

2부

1. 변학수, 『통합적 문학치료』, 학지사, 2006, 22~23쪽. 변학수는 리디의 책 『문학치료』를 '시치료'가 아니라 '문학치료'로 번역한다. 그 이유에 대해서 그는 "'Poetry'란 말이 계몽 이전의 계시를 말하는 포에지(poesie)라면 그 현대적 대응어는 문학(literature)이 된다"(앞의 책, 17쪽)고 설명하고 있다.

2. 다음의 연구 사례를 참고하라. 최소영, 「집단 시(詩)치료가 만성정신분열증 환우(患友)의 정서관리에 미치는 효과」, 『정서·행동장애연구』 26권 3호, 한국정서행동장애학회, 2010, 231~255쪽. 만성정신분열증 환우를 치료하는 총 12회의 프로그램에서 시치료사는 "유년 시절의 트라우마를 바라보게 하고 정서를 인식하고 표현하도록 돕"기 위해 9회에 기형도의 시 「엄마 걱정」(『입속의 검은 잎』, 134쪽)을 선정하여 프로그램 참여자들과 함께 읽고 이야기를 나누었다(앞의 논문, 241쪽). 그 결과 집단실험 진행 후에 참여자들의 정서인식, 정서조절, 대인관계 능력이 더 향상되었다.

3. 물론 이 표현적 활동에는 직접 연기를 해보는 수행적(performative) 활동까지 포함된다. 이 것은 문학 텍스트를 드라마화하는 것으로서 드라마 문학치료라고 불린다(변학수, 『통합적 문학치료』, 83~84쪽).

4. 이금희와 장만식은 상담을 "상호작용하여 서로 돕는 과정"으로서 규정하고 "내담자와 상담자는 '환자와 치료자'의 관계가 아니"라는 점을 강조하면서 '문학치료' 대신 '문학상담'이라는 명칭을 선택할 것을 제안한다(이금희·장만식, 『문학상담』, 15쪽). "문학상담에서 문학은 인간의 삶, 그 자체이다. 왜냐하면, 인간의 삶은 한 편의 이야기이기 때문이다. 그리고 이 이야기는 인간의 성장과 발달에 관한 이야기이기 때문이다."(앞의 책, 18쪽)

5. 정운채는 인간관계의 발달과정을 네 가지 영역의 서사로 나누고 인간관계의 형성과 위기의 회복에 기여하는 자기 서사를 발견하는 과정으로 문학치료를 이해한다(정운채, 「문학치료학의 서사이론」, 『문학치료연구』 9집, 247~278쪽). 이는 '문학치료'라는 명칭을 사용하는 연구자들일지라도 병리적 증상의 제거에만 머물지 않고 자아의 통합적 성장을 목표로 하고 있음을 보여 준다. 더욱이 문학치료와 문학교육의 긴밀한 관계를 연구하고 문학교육의 장을 문학치료의 장으로 활용하려는 경향은 '치료'라는 명칭에도 불구하고 문학치료의 목표가 증상의 치료에 머물러 있지 않음을 분명하게 확인시켜 준다.

6. "가족 삼각형(아빠-엄마-아이) 뒤에서 좀 더 능동적인 다른 무수한 삼각형들을 발견할 수 있는데, 가족 그 자체는 바로 여기서 자신의 능력을 얻으며, … 때로는 삼각형 전체가 형태와 인물을 바꾸어 법적·경제적·관료적, 혹은 정치적인 것 등으로 나타난다. … 카프카 안에서 고통스러워하거나 즐거워하는 것은 초자아인 아버지도 아니고, 어떤 기표도 아니다. 그것은 이미 미국적인 기술 지배적 기계고, 러시아적인 관료제적 기계, 혹은 파시즘적인 기계."(질 들뢰즈, 『카프카 : 소수적인 문학을 위하여』, 33~35쪽)

7. 셰어링은 다른 예술치료 분야에서도 중요하게 생각하는 활동이다. 『예술치료 용어사전』에 따르면 '나누기(sharing)'는 다음과 같이 정의된다. "심리극이나 연극치료의 해당 회기에 대한 느낌과 생각을 나누는 장이다. 웜업에서 본 활동, 마무리에 이르는 과정을 경험하면서 자기 자신이나 다른 사람 혹은 우리가 사는 삶에 대해 새롭게 느끼거나 발견한 바가 있는지 돌아보고 그것을 참여한 다른 사람들과 나누는 것이다." (한국예술치료학회 편, 『예술치료 용어사전』, 41쪽)

8. 제작과 행위, 포이에시스와 프락시스의 구분에 대해서는 한나 아렌트의 『인간의 조건』 4장과 5장의 설명을 참고.

9. "문학적인 장의 사회적 필연성에 의해 부여된 형태화에 의해 알아볼 수 없게 되어 버린 어떤 표현적 충동이 거기서 발해지고 있음을 가정하는 것이다. 순수한 형태에 대한 순수한 관심이라는 천사주의를 포기하는 것은, 이 사회적 세계의 논리를 이해하기 위해 지불해야 하는 대가이다."(피에르 부르디외, 『예술의 규칙』, 15쪽)

10. 이에 대한 자세한 논의로는 다음을 참고하라. 진은영, 「문학의 고독 : 포이에시스에서 프락시스로」, 『'공생과 공공성 : 현장에서 되묻기 학술대회' 자료집』, 연세대학교 국학연구원-도쿄대학철학센터(UTCP) 국제학술회의, 2013.

11. 이에 대해서는 다음을 참고하라. 진은영, 「시, 아름다움, 질병 : 문학적 감염과 치유에 대하여」, 『인문언어』 14권 2호, 국제언어인문학회, 2012, 63~86쪽.

12. 칼 로저스는 『칼 로저스의 사람-중심 상담』의 한 장을 엘렌 베스트의 사례에 할애하고 있다(칼 로저스, 『칼 로저스의 사람-중심 상담』, 179~194쪽). 엘렌 베스트의 사례에 대한 로저스의 접근에 대해서는 다음 논문을 참고하라. 노성숙, 「여성내담자중심치료를 위한 철학상담적 인간이해 : 정신분열증 여성환자 엘렌 베스트 사례를 중심으로」, 『한국여성철학』 제20권, 한국여성철학회, 2013, 143~180쪽.

3부

1. 피드백과 셰어링에 대해서는 이 책의 2부 '문학상담과 문학적 프락시스'의 '문학 프락시스로서의 문학상담' 절(69쪽)을 보라.

2. 한나 아렌트, 『인간의 조건』 제5장 제사에서 재인용. "All sorrows can be borne if you put them into a story or tell a story about them."

3. 김연수, 『네가 누구든 얼마나 외롭든』, 문학동네, 2007에서 재인용.

4. 이 행은 번역을 수정하였다.

5. 유봉자, 「자화상에 나타난 자아투영 : 뭉크, 고흐, 렘브란트를 중심으로」, 『유럽문화예술학회 논집』 제15집, 유럽문화예술학회, 2017, 65~67쪽.

6. 송태효, 「생텍쥐페리의 『어린 왕자』에 나타난 실존주의적 직업관 이해」, 『불어불문학연구』 106 집, 한국불어불문학회, 2016, 120쪽.

7. 다음 논문을 참고하라. 이선형, 「『어린 왕자Le petit prince』의 치유적 읽기」, 『한국프랑스논집』 93집, 한국프랑스학회, 2016, 63~90쪽.

8. 롤랑 바르트, 『카메라 루시다』, 조광희 · 한정식 옮김, 열화당, 1998, 52쪽.

9. 시의 제목은 「벌레가 되었습니다」이다. 진은영, 『일곱 개의 단어로 된 사전』, 문학과지성사, 2003.

10. 원주 : 한대수의 「물 좀 주소」에서.

11. 시인의 말은 모두 다음의 책에서 재인용했다. 박성우 · 신용목 엮음, 『우리는 다시 만나고 있다』, 창비, 2016.

참고문헌

강성은 외, 『의자를 신고 달리는』, 창비교육, 2015

곽덕주 외, 『미적 체험과 예술교육』, 서울문화재단 엮음, 이음스토리, 2014

그르니에, 장. 『일상적인 삶』, 김용기 옮김, 민음사, 2010

그린, 맥신. 『블루 기타 변주곡』, 문승호 옮김, 다빈치, 2011

김경미, 『밤의 입국심사』, 문학과지성사, 2014

김애령, 『은유의 도서관』, 그린비, 2013

김연수, 『네가 누구든 얼마나 외롭든』, 문학동네, 2007

네루다, 파블로. 『질문의 책』, 정현종 옮김, 문학동네, 2013

노성숙, 「여성내담자중심치료를 위한 철학상담적 인간이해 : 정신분열증 여성환자 엘렌 베스트 사례를 중심으로」, 『한국여성철학』 제20권, 한국여성철학회, 2013

누스바움, 마사. 『시적 정의』, 박용준 옮김, 궁리, 2013

니체, 프리드리히. 『우상의 황혼』, 백승영 옮김, 책세상, 2002

____, 『인간적인 너무나 인간적인 II』, 김미기 옮김, 책세상, 2002

____, 『즐거운 학문/메시나에서의 전원시/유고(1881년 봄~1882년 여름)』, 안성찬·홍사현 옮김, 책세상, 2005

_____, 『차라투스트라는 이렇게 말했다』, 정동호 옮김, 책세상, 2000

닐, 파울로 외. 『치료미학』, 이모영·문소영 옮김, 시그마프레스, 2011

다니카와 슌타로, 『사과에 대한 고집』, 요시카와 나기 옮김, 비채, 2015

도스토예프스키, 표도르. 『카라마조프가의 형제들 2』, 김희숙 옮김, 문학동네, 2018

듀이, 존. 『경험으로서의 예술 1』, 박철홍 옮김, 나남, 2016

_____, 『민주주의와 교육』, 김성숙·이귀학 옮김, 동서문화사, 2013

드탕벨, 레진. 『우리의 고통을 이해하는 책들』, 문혜영 옮김, 펄북스, 2017

들뢰즈, 질. 『스피노자의 철학』, 박기순 옮김, 민음사, 2001

_____, 『카프카 : 소수적인 문학을 위하여』, 이진경 옮김, 동문선, 2001

_____, 『프루스트와 기호들』, 서동욱 옮김, 민음사, 1997

딜러드, 애니. 『작가살이』, 이미선 옮김, 공존, 2018

레이코프, G.·존슨, M. 『몸의 철학』, 임지룡 외 옮김, 도서출판 박이정, 2011

_____, 『삶으로서의 은유』, 노양진·나익주 옮김, 도서출판 박이정, 2006

로저스, 칼. 『칼 로저스의 사람 - 중심 상담』, 오제은 옮김, 학지사, 2007

르베르디, 삐에르. 『언제나 무엇인가 남아있다』, 이윤옥 옮김, 고려원, 1994

릴케, 라이너 마리아. 『두이노의 비가 外』, 김재혁 옮김, 책세상, 2000

_____, 『젊은 시인에게 보내는 편지』, 김재혁 옮김, 고려대학교출판부, 2006

_____, 『형상시집』, 김재혁 옮김, 책세상, 1994

마자, 니콜라스. 『시 치료 이론과 실제』, 김현희 외 옮김, 학지사, 2005

메를로퐁티, 모리스. 『지각의 현상학』, 류의근 옮김, 문학과지성사, 2002

밀러, 헤르타. 「모든 낱말은 악순환에 대해 알고 있다」, 『문학동네』 62호, 2010

바르트, 롤랑. 『카메라 루시다』, 조광희·한정식 옮김, 열화당, 1998

바예호, 세사르. 『희망에 대해 말씀드리지요』, 고혜선 옮김, 문학과지성사, 1998

바우만, 지그문트. 『액체근대』, 이일수 옮김, 강출판사, 2009

박성우, 『거미』, 창비, 2002

박성우·신용목 엮음, 『우리는 다시 만나고 있다』, 창비, 2016

박시하, 『눈사람의 사회』, 문예중앙, 2012

뱅데, 제롬 엮음. 『가치는 어디로 가는가』, 이선희·주재형 옮김, 문학과지성사, 2008

베르그손, 앙리. 『물질과 기억』, 박종원 옮김, 아카넷, 2005

벤야민, 발터. 『일방통행로』, 조형준 옮김, 새물결, 2007

변학수, 『문학치료』, 학지사, 2007

____, 『통합적 문학치료』, 학지사, 2006

부르디외, 피에르. 『예술의 규칙』, 하태환 옮김, 동문선, 2002

부리요, 니콜라. 『관계의 미학』, 현지연 옮김, 미진사, 2011

브르통, 앙드레. 『초현실주의 선언』, 황현산 옮김, 미메시스, 2012

생텍쥐페리, 앙투안 드. 『어린 왕자』, 김현 옮김, 문학과지성사, 2012

서울문화재단, 『2011서울문화재단 창의예술교육체계 구축을 위한 중장기 발전방안 연
　구보고서』, 2011

____, 『예술가, 교사, 예술가교사 : 정체성과 실천, 그 성찰과 확장』, 서울국제창의예술
　교육심포지움 자료집, 2014

세넷, 리처드. 『장인』, 김홍식 옮김, 21세기북스, 2010

손택, 수전. 『타인의 고통』, 이재원 옮김, 이후, 2004

솔닛, 리베카. 『멀고도 가까운』, 김현우 옮김, 반비, 2016

송태효, 「생텍쥐페리의 『어린 왕자』에 나타난 실존주의적 직업관 이해」, 『불어불문학연
　구』 106집, 한국불어불문학회, 2016

쉼보르스카, 비스와바. 『끝과 시작』, 최성은 옮김, 문학과지성사, 2007

____, 『읽거나 말거나』, 최성은 옮김, 봄날의책, 2018

슈나이더, 스티븐 제이. 『501 영화배우』, 정지인 옮김, 마로니에북스, 2008

슈티프터, 아달베르트. 『늦여름1』, 박종대 옮김, 문학동네, 2011

스카르메타, 안토니오. 『네루다의 우편배달부』, 우석균 옮김, 민음사, 2004

시오랑, 에밀. 『독설의 팡세』, 김정숙 옮김, 문학동네, 2004

실즈, 데이비드. 『문학은 어떻게 내 삶을 구했는가?』, 김명남 옮김, 책세상, 2014

실즈, 데이비드 · 파월, 케일럽. 『인생은 한 뼘 예술은 한 줌』, 김준호 옮김, 이불, 2017

심보선, 『눈앞에 없는 사람』, 문학과지성사, 2011

아렌트, 한나. 『과거와 미래 사이』, 서유경 옮김, 푸른숲, 2005

_____, 『인간의 조건』, 이진우 · 태정호 옮김, 한길사, 1996

애덤스, 캐슬린. 『저널치료 : 자아를 찾아내는 나만의 저널쓰기』, 강은주 · 이봉희 옮김, 학지사, 2006

엘린슨, 로버트 E. 『장자 : 영혼의 변화를 위한 철학』, 김경희 옮김, 그린비, 2004

앳킨스, 샐리 외. 『통합적 표현예술치료』, 최애나 · 이병국 옮김, 푸른솔, 2008

야누흐, 구스타프. 『카프카와의 대화』, 편영수 옮김, 문학과지성사, 2007

얄롬, 어빈 D. 『매일 조금 더 가까이』, 이혜성 · 최한나 옮김, 시그마프레스, 2010

_____, 『보다 냉정하게 보다 용기있게』, 이혜성 옮김, 시그마프레스, 2008

_____, 『삶과 죽음 사이에 서서』, 이혜성 옮김, 시그마프레스, 2015

_____, 『스피노자 프로블럼』, 이혜성 옮김, 시그마프레스, 2013

_____, 『치료의 선물』, 최웅용 외 옮김, 시그마프레스, 2005

유봉자, 「자화상에 나타난 자아투영 : 뭉크, 고흐, 렘브란트를 중심으로」, 『유럽문화예술학회논집』 제15집, 유럽문화예술학회, 2017

윤동주, 『정본 윤동주 전집』, 홍장학 엮음, 문학과지성사, 2004

윤성우, 「리쾨르의 문학론 : 언어와 실재에 대한 탐구」, 『하이데거연구』 제15집, 2007

이금희 · 장만식, 『문학상담』, 새문사, 2012

이상희, 『잘 가라 내 청춘』, 민음사, 2007

이선형, 「예술치료를 위한 '은유'의 개념과 기능에 대한 소고」, 『드라마연구』 제37호, 한국드라마학회, 2012

_____, 「『어린 왕자Le petit prince』의 치유적 읽기」, 『한국프랑스논집』 93집, 한국프랑스학회, 2016

이영광, 『2학년 교실 : 열두 번째 304 낭독회 소책자』, 2015

이윤주 · 양정국, 『은유와 최면』, 학지사, 2009

이은정·김혜숙, 『나를 쓴다 : 꽃띠들을 위한 자전적 글쓰기』, 한신대학교출판부, 2014

이철성 외, 『소리 소문 없이 그것은 왔다』, 문학과지성사, 2000

이혜성, 『문학상담』, 시그마프레스, 2015

장영희 지음, 김점선 그림, 『생일』, 비채, 2006

정운채, 「문학치료학의 서사이론」, 『문학치료연구』 9집, 한국문학치료학회, 2008

정혜신·진은영, 『천사들은 우리 옆집에 산다』, 창비, 2015

조셀슨, 루스엘런. 『심리치료와 인간의 조건』, 이혜성 옮김, 시그마프레스, 2008

진은영, 「문학상담에 대한 몇 가지 단상」, 『안과밖』 제36호, 영미문학연구회, 2014

____, 「문학의 고독 : 포이에시스에서 프락시스로」, 『'공생과 공공성 : 현장에서 되묻기 학술대회' 자료집』, 연세대학교 국학연구원-도쿄대학철학센터(UTCP) 국제학술회의, 2013

____, 「시, 아름다움, 질병 : 문학적 감염과 치유에 대하여」, 『인문언어』 14권 2호, 국제언어인문학회, 2012

____, 『우리는 매일매일』, 문학과지성사, 2008

____, 『일곱 개의 단어로 된 사전』, 문학과지성사, 2003

진은영·김경희, 「미적 교육과 문학치유」, 『문학치료연구』 제37집, 한국문학치료학회, 2015

최소영, 「집단 시(詩)치료가 만성정신분열증 환우(患友)의 정서관리에 미치는 효과」, 『정서·행동장애연구』 26권 3호, 한국정서행동장애학회, 2010

최승자, 『이 시대의 사랑』, 문학과지성사, 1981

____, 『즐거운 일기』, 문학과지성사, 1984

칸트, 임마누엘. 『판단력비판』, 백종현 옮김, 아카넷, 2009

캠벨, 조지프. 『세계의 영웅 신화』, 이윤기 옮김, 대원사, 1989

클라크, 티머시. 『마르틴 하이데거, 너무나 근본적인』, 김동규 옮김, 앨피, 2008

키에르케고어, 쇠얀. 『이것이냐 저것이냐 1』, 임춘갑 옮김, 치우, 2012

파리 리뷰, 『작가란 무엇인가 3』, 김율희 옮김, 다른, 2015

페니베이커, 제임스 W. 『글쓰기치료』, 이봉희 옮김, 학지사, 2007

폭스, 존. 『시(詩) 치료 : 한 번도 소리 내어 울지 못한 그대에게』, 최소영 외 옮김, 아시
아, 2013

프란츠, 마리-루이제 폰. 『영원한 소년과 창조성』, 홍숙기 옮김, 한국융연구원, 2017

프랭크, 아서. 『아픈 몸을 살다』, 메이 옮김, 봄날의책, 2017

프레베르, 자크. 『붉은 말』, 함유선 옮김, 청하, 1986

프루스트, 마르셀. 『독서에 관하여』, 유예진 옮김, 2014

＿＿, 『잃어버린 시간을 찾아서 : 스완네 집 쪽으로1』, 김창석 옮김, 국일미디어, 2006

하이네, 하인리히 외. 『아침저녁으로 읽기 위하여』, 김남주 옮김, 푸른숲, 2018

한국예술치료학회 엮음, 『예술치료 용어사전』, 양서원, 2010

헤르베르트, 즈비그니에프. 『헤르베르트 시선』, 정병권·최성은 옮김, 지식을만드는지
식, 2011

황현산, 『잘 표현된 불행』, 문예중앙, 2012

휴즈, 테드. 『시작법(詩作法)』, 한기찬 옮김, 청하, 1984

Bell, Michael. *Open Secrets*, Oxford Univ. Press, 2007

시 찾아보기

김경미, 「청춘이 시킨 일이다」, 『밤의 입국 심사』, 문학과지성사, 2014

김소연, 「백년해로」, 이철성 외, 『소리 소문 없이 그것은 왔다』, 문학과지성사, 2000

다니카와 슌타로, 「영혼의 가장 맛있는 부분」, 『사과에 대한 고집』, 요시카와 나기 옮김,

　비채, 2015

르베르디, 삐에르, 「지금은」, 『언제나 무엇인가 남아있다』, 이윤옥 옮김, 고려원, 1994

릴케, 라이너 마리아, 「가을」, 『형상시집』, 김재혁 옮김, 책세상, 1994

＿＿＿, 「독서하는 사람」, 『두이노의 비가 外』, 김재혁 옮김, 책세상, 2000

＿＿＿, 「자장가」, 『형상시집』, 김재혁 옮김, 책세상, 1994

밀레이, 에드나 세인트 빈센트, 「활짝 편 손으로 사랑을」, 장영희 지음, 김점선 그림, 『생

　일』, 비채, 2006

바예호, 세사르, 「"이 집에는 아무도 살지 않아요…"」, 『희망에 대해 말씀드리지요』, 고

　혜선 옮김, 문학과지성사, 1998

박성우, 「두꺼비」, 『거미』, 창비, 2002

박시하, 「사랑을 지키다」, 『눈사람의 사회』, 문예중앙, 2012

브레히트, 베르톨트, 「아, 어떤 식으로 이 작은 장미를 기록해야 할까」, 『서정시를 쓰기

힘든 시대』, 박찬일 옮김, 민음사, 2018

쉼보르스카, 비스와바. 「선택의 가능성」, 『끝과 시작』, 최성은 옮김, 문학과지성사, 2007

＿＿, 「한 개의 작은 별 아래서」, 『끝과 시작』, 최성은 옮김, 문학과지성사, 2007

심보선, 「연보(年譜)」, 『눈앞에 없는 사람』, 문학과지성사, 2011

아라공, 루이. 「행복한 사랑은 어디에도 없다」, 하인리히 하이네 외, 『아침저녁으로 읽
기 위하여』, 김남주 옮김, 푸른숲, 2018

오은, 「나는 오늘」, 강성은 외, 『의자를 신고 달리는』, 창비교육, 2015

올리버, 메리. 「기러기」, 김연수, 『네가 누구든 얼마나 외롭든』, 문학동네, 2007

윤동주, 「자화상」, 『정본 윤동주 전집』, 문학과지성사, 2004

이상희, 「잘 가라 내 청춘」, 『잘 가라 내 청춘』, 민음사, 2007

이영광, 「사랑의 발명」, 『나무는 간다』, 창비, 2013

＿＿, 「슬픔이 하는 일」, 『2학년 교실 : 열두 번째 304 낭독회 소책자』, 2015

진은영, 「긴 손가락의 詩」, 『일곱 개의 단어로 된 사전』, 문학과지성사, 2003

＿＿, 「나는」, 『우리는 매일매일』, 문학과지성사, 2008

＿＿, 「벌레가 되었습니다」, 『일곱 개의 단어로 된 사전』, 문학과지성사, 2003

＿＿, 「일곱 개의 단어로 된 사전」, 『일곱 개의 단어로 된 사전』, 문학과지성사, 2003

＿＿, 「청춘 2」, 『일곱 개의 단어로 된 사전』, 문학과지성사, 2003

최승자, 「내게 새를 가르쳐 주시겠어요?」, 『즐거운 일기』, 문학과지성사, 1984

＿＿, 「자화상」, 『이 시대의 사랑』, 문학과지성사, 1981

프레베르, 자크. 「나는 이런 사람」, 『붉은 말』, 함유선 옮김, 청하, 1986

＿＿, 「등대지기는 새들을 몹시 사랑해」, 『붉은 말』, 함유선 옮김, 청하, 1986

헤르베르트, 즈비그니에프. 「판 코기토와 상상」, 『헤르베르트 시선』, 정병권·최성은 옮
김, 지식을만드는지식, 2011